天下文化
BELIEVE IN READING

來不及美好

郭強生

目錄

Part III 我的鄉愁我的夢

序曲

——走向我，走向你

我不知道自己到底幾歲？

昨天我還是文壇新人，今天大家都對著我喊「老師、老師」。上週我才為沒有結果的初戀落淚，今天我卻在擔心即將孤老一生。去年我還牽著父母的手到巷口的小麵館吃餛飩，今年我已找不到路。

也許我六十好幾了，暈黃的記憶如夢似真。

小時候每回生病都被父母毛毯一裹，登上搖搖晃晃的三輪車，將油布簾子放下。從縫隙中我看見三輪車夫的背影，朝左朝右有韻律地踩著踏板。路上總是靜靜的，忘了上油的輪子嘰嘰滾著。小兒科診所有種日據時代的風情，牆上掛滿日本藥廠送的風景月曆與和服美女圖片。診所外有一條大水溝，沒生病的孩子可以在溝裡捕到小魚。

也許我快要十八。夜裡枕著自己的胳臂，看見百葉窗射出的條紋陰影打在牆上，在陰藍藍的夜色汩汩滲進的初秋，我輕聲哼起一首悲傷的情歌，發誓再不要、再不要只為了一次目光的交錯，而讓自己陷入這樣惱人的失眠。

⋯

清明時節雨，紛紛路上行人，欲斷魂。

小時候心裡只會記掛著農曆新年，穿新衣新鞋領壓歲錢。二十多歲離家，海外十年徹底洗淨了這個節慶的熱鬧記憶，華人們還是會在日曆上標出這個日子，但最後都學會了壓抑住那樣的思鄉情緒，看著春節來，靜靜等它走。

回國之後才發現，春節在台灣都淡薄了，情人節耶誕夜跨年才是鬧熱滾滾的重頭戲。西洋節日愈來愈鋪張，粽子月餅愈來愈寂寞。

無論如何，清明節卻是不能取代的。總盡可能空出時間，在這一天到供著母親的廟裡上柱香，在牌位前靜坐一會兒，告訴她我都好。

一格格的骨灰塔位，有的已換上了新的緞帶花，表示親人來過；另外同樣的那幾格門上，繫著依然還是那一束早已褪色塵封的別離。

無心瞟見上層貼滿了祝福小卡片的某扇門格，發現其中暗藏的小故事，一時間眼熱不能自已。

親愛的豆豆，我好想你。二〇〇四

親愛的豆豆，已經十五年了，我還是依然愛你。二〇〇五另一張卡片上出現不同的字體寫著：

小亭，感謝妳這麼多年來對豆豆的深情，張伯伯張媽媽祝福妳，也希望妳能早日找到屬於妳的幸福。二〇〇五

故事停駐在這個時間點，十餘年的魂縈夢牽，究竟是如何收場的，不再有線索。小亭走出了情慟？還是不忍心讓老人家繼續為自己仍是孤家寡人而感覺虧欠？

或者，老人家已經不在了？斷線……

是不是一個句點？只能說，答案藏在每個人對愛不同的認知裡。

⋯

渴望愛與被愛的年紀，以為戀愛會帶自己到一個不知名卻有歸屬感的所在。

又用了二十年才證明了一件事，初戀竟然不是發生在自己生長的地方，其實是一種悲哀。

午後陽光閒閒，去洗衣店取回襯衫三件長褲一條，如此家常的平凡，沒有讀書也沒寫稿，光是去洗衣店取衣就足以讓人覺得這一天成就了什麼的天氣。

轉進巷子，檳榔攤阿伯低頭攪拌一盆紅紅石灰，電晶體收音機一旁開著，很老很老以東洋腔翻唱的閩南語歌曲，小水紋般抖在黏黏的熱空氣裡。

童年記憶一股腦全炸開。

我停下步子，對著某個應該出現、卻從未出現過的情人低聲說：這種情調，很台，很民國六十年，喂，你記得這種午後的感覺嗎？

沒有人回答。

不可能再回到初戀的年紀，至少回到了兒時的城市。

然後我繼續走。

PART
I

曲終人未散

——呼叫，時光

五十歲之後，同學會成了許多人生活裡一個新增的社交項目。既熟悉也陌生，既開心也令人惆悵。

過了幾十年一成不變的生活，不是拚職場就是忙家庭，同學會像是突然提供了人生另一種可能。在老同學面前裝萌賣傻，沒人會被笑老天真，也不怕已讀不回，反正七嘴八舌總有話題。

從小學畢業四十年到大學畢業三十年，各式同學會過去這些年都在招兵買馬，網路群組一個個建立起來。每天一早，手機群組裡招呼聲此起彼落，非常熱鬧。

老同學又成了新朋友，新感情中又有舊回憶，彷彿早就丟在哪裡多年不管的一支舊股票，如今意外翻紅成了潛力股，讓人難以忽視它的重新上櫃。

我在群組裡不太常出聲，但是聚餐幾乎都會出席。老同學能被重新尋獲，主辦人的熱心費神，理應用行動表達感謝與支持。

自己不是網路尋人高手，對於那些光憑著一本畢業紀念冊，就能無遠弗屆、追蹤到紐西蘭加拿大巴西越南的熱心同學，他們的鍥而不捨教我驚嘆。就算科技讓尋人這檔事變得較以往便捷，但總還是要有一股熱情在背後支撐吧？

歡聚之餘，既期待又怕受傷害的複雜情緒也隱隱牽動。會不會這個現象，只是大家屆臨退休前的一種焦慮反射？

會不會有點像是人多壯膽，當我們同在一起，為的是接下來的老後路上不孤單？以後有人可以陪自己打球購物喝下午茶，再也不怕三缺一？

會不會幾年之後，大家又回復到失聯的狀態？
還會為三十年後的重聚興奮緊張，五年級會不會是最後的一代？

（搭上一艘名為懷舊的小船，被時光的浪愈推愈遠。船上的人卻總是希望，岸邊或許還有依稀可辨的身影，在向自己揮手……）

．．．

那些能把三四十年的人生簡報，在同學會上剪裁成單口相聲，逗得全場笑聲不斷的老同學總讓我折服不已。

（是專為今天打好的稿嗎？還是臨場即興？是社會上打滾練就的口才？還是真情流露？）

相形之下，我的分享似乎異常地無趣：就一直念書後來教書啊，目前單身，完畢。

不是閃躲。因為真正想跟大家分享的悲歡離合太沉重，似乎並不適合這樣的場合。

我習慣靜默，把每一張臉孔細細端詳，以致於散會後，往往我依然搞不清每位同學的單位與頭銜。

但是我清楚記得他們年少的模樣。

我關心的是那個記憶中的小男孩與小女孩，後來他們都好嗎？他們是否用了多年的努力企圖改變？或是——

更加倍地努力，堅持不被世俗的汲汲營營所改變？

他們記得的，又會是怎樣的我？

記憶，對動物來說不過是一種生存本能，牠們不會遙想當年，更不會懷舊。狗兒會認得回家的路，魚兒會記得產卵的故鄉。但是牠們的記憶就只是經驗值的直接存取，無關乎時間。

只有人類才擁有這項天賦，能知覺時間的存在，並且產生情緒感受。沿著時間的流域尋找失落時光的同時，我們也正感受著流域上空的陰晴圓缺。

．．．

出現在眼前的舊日同窗，即便當下指認無礙，但事實上，從此以後，在我腦海中出現的對方，便是以如今同學會上中年人的形象，另存新檔了。記憶中原封不動多年的那個少男或少女影姿，從此正式被清除汰換。反之亦然。我們某一部分的自己，也因重聚而在彼此的目光中遺落。

當我們的名字被重新呼喚，轉身的已不再是記憶，而是現實。

（是不是只有懂得了不圓滿之必然，才能真正看見自己的改變？）

我們抱著失而復得的期望，卻往往忘記換算中間的空白。

活到一定年紀，還能依我們所習慣的理解方式繼續存在的東西，顯然愈來愈少。也許不久的將來，清單上只剩下遙遠的故鄉，無緣的情人，遺失的彩券，生日蛋糕，和還沒動筆的回憶錄。

也因此，在每次相聚的一片歡笑聲中，我總會無意間捕捉到，某人眼裡瞬間閃過了一絲像是迷惘、又像是疲憊的默然。

最後留在大合照裡的笑容，究竟是不是每個人最真實的心情？

我又怎知自己臉上閃過了怎樣的五味雜陳？面對昨日的那個自己，究竟該對他說一句「感謝」？還是「對不起」？

・・・

「同學會」成了五年級的關鍵字，懷舊的商品化多少在背後扮演了一點推波助瀾的角色。

電視中與舞台上的眷村與黃卡其高中生看來是如此失真虛假，照樣還是吸引了大批人次捧場。更不用說，「民歌四十演唱會」把小巨蛋滿滿塞爆。幾個流行音樂大哥級人物，合體組團巡迴演唱也都賺滿了荷包。

早幾年，黃梅調和群星會才是懷舊項目，曾幾何時，校園民歌與圓盤軍訓帽已將它們暗中偷換？

然而，六年級的懷舊熱甚至比我們更早啟動了。他們懷念周星馳早年的港片，美少女戰士卡通，王子麵和麥當勞玩具，顯然只有更加的商品化。成長於全面數位化的下一代，回憶這檔事，也許再不同於我們傳統的認知。

用三、四十年的等待換來一場驀然回首，必終將成為絕響。

電腦記憶容量無限升級，記憶與現實零時差，每一刻都迅速存檔，打卡自拍轉傳，每一刻當下都立刻成為過去。

更新的手機功能，快速的e化，無人商店無人銀行，記憶在未來或許不再關於生命，而是物件功能。

所有路過都必留下痕跡。動態即時分享，隨時都可以打開軟體與老同學打屁兩句，每一個加入過的好友都如陰魂不散，這輩子想要擺脫都不可能。

（以後還會有畢業紀念冊這東西嗎？）

・・・

不是保存了所有的魚雁往返就能親親如晤，更不是手機隨時拍照打卡，留存下來的檔案就會來日歷歷在目。

對於某些人來說，時間就是行程、生日、旅遊這些寫在記事本上的項目，沒必要的時候不去翻動，過期了就換一本新的。另外有些人的時間則是一再的重播，自己卻渾然不察。

這些人所謂的懷舊，往往是經特定的價值提示與設定的結果。

童年必然純真，青春自是美好。初戀酸甜，失戀微苦。懷舊與懷念分不清，守舊與念舊也無差別。

存在感永遠得依賴集體意見的風向，沒有自己的地圖與座標，像是跟著導遊一路走馬看花的團客，拍回了一堆照片以為就是回憶，到此一遊就是人生。

也許他們記得的，從來不是自己真正活過的人生，而是曾經期待發生的某個版本。

我的回憶方式仍是手工型的翻尋。

沒有臉書打卡標記的檔案，像塞在櫥櫃角落裡，那些自己都遺忘何時添置的舊衣。偶然從底層拉出，某件明明曾是讓自己心動而想擁有的式樣，當下卻只讓我陷入失笑與無名的茫然。

往昔與當下，昨日與明日，總在回憶啟動那刻化為魔術方塊上的色格，任憑我怎麼努力翻扭轉動，總不肯乖乖就位。

而有時，記憶又像是遠方悠然揚起的回聲，我卻忘了，曾經朝著生命的深谷，大聲地呼喊過什麼**約定**……

長長的一生與短短的一瞬，它們總在翩然共舞，頻頻交換著低語。

我傾聽著，總是百感交集，總是心思起伏。

忽焉在前，倏忽在後，總是來去自如的時間，透過某個感官的引觸，也許是一種氣味，一種質地，或是某些細微光影，讓我感受到它在對我訴說。因此才驚覺，多少時光都已耗擲在反覆操作技術性的記憶，卻往往忽略了，那些無預警閃動的浮光……

（那些飄忽而溫柔的回聲，究竟想要告訴我什麼呢？）

如果時間是一個浪蕩的戀人，那麼懷舊便像是，站在路的另一頭遠眺的我，仍無法停止，回味著，斟酌著，該如何給已不知去向的他發出一則簡訊：

我，很好。只是。非常。其實。

如果……

所以？

——出入記憶

這紛紛發出動員令的同學會，各有各的型態與氛圍。

比如說，小學同學每次聚會的名目，皆因有同學自國外返台探親。與國高中甚或大學同學相較，小學同學裡移民海外者顯然高出許多。

從退出聯合國、台日斷交、石油危機，然後越南淪陷，接下來便是一九七五年蔣中正的逝世。一九七六年，唐山大地震後兩個月不到，毛澤東也歸西。

這大抵就是我們這一屆的小學時光。

孩子不懂國家大事，大人不可能不為之擔心。現在回想起來，當年台灣一度出現的移民熱，正好反映在我的小學同學會以接風為主的型態上。

因為這屆是龍年，生育率特別高，國民小學的教室數量不敷使用，所以一二年級都只上半天課，分上下午兩班制。我的父母都在工作，自然把我送進從一年級開學第一天就是全天的私立小學。

幾百個小朋友依序在隊伍中站好，操場周邊圍滿了家長，廣播喇叭放送著輕快的進行曲。當時不知道，這首曲子在未來的六年裡，天天朝會時都要聽一遍。

那一日，送我去學校的父親站在人群裡，帶著一副太陽眼鏡，嘴角維持著上揚的弧度。雖然看不見他的眼神，但是只要我一踮起腳尖搜尋，就會看到他也在微笑著對我回望。

不是那種樂不可支的笑，那種笑容大概只有真正做過父親的人才會有。看著我的小小身影不知所措地被其他小朋友推來擠去，他只能用笑容遠遠地讓我安心。被喚去排隊前那一刻，我聽見他對我連說了好幾次，不要怕不要怕。

記憶中，當天最後一個畫面是，他朝我揮揮手，表示他要離開了。

我以為自己會哭出來，結果竟然沒有，因為知道如果哭出來，會是一件很丟臉的事。

⋯

（小學六年還真是漫長⋯⋯）

六年裡不斷有舊生轉出，新生轉入，連級任導師都換了四位。六年始終同班的一群，好像必然成了同學會的主幹。

同班的交情親疏，往往與在班上座位表的地緣有關。但如今最常出現在聚會中的我們，卻未必是當年的死黨，反而是由於另一種的地緣關係，因為大家都還是住在老家附近。

那些畢業後就搬離了的同學，彷彿也是另一種移民了。從前上下課的路線，早就不會出現在他們夢裡了吧？

從古稱溪洲的一塊小小沙洲浮島，當年台北縣永和鎮這小地方經過不斷填地擴充，成為今日新北市人口最密集的黃金地段。四十年小鎮的滄海桑田，這段記憶也與他們無關了吧？

有時覺得，我的小學同學會更像是同鄉會。

除了是同鄉，現在的我們，更像是被一種相似的人生選擇重新串起。並非經濟上無法負擔搬離到他處，但總有人就是念舊。

念舊與懷舊，畢竟仍有所不同。

前者像一條小河，靜靜地流著。而後者，則像是一顆突然滾落山坡的石子。

⋮

問同學是否記得，一年級時班上有一個男生，他好像有先天性心臟病，所以特准每天只上半天？結果沒人有印象。

聚餐席間我對某人說，某次全校歌唱比賽，你選唱了〈母雞孵鴨蛋〉，為什麼會挑這樣一首歌？邊說我邊哼出這首打油歌的全曲，同時想起當年我在台下的啼笑皆非。

結果，對方不記得此事，其他同學對音樂課本裡有這首歌，竟也都毫無印象。

母雞孵鴨蛋，二十九天滿，孵出醜小鴨，母雞好奇怪。小鴨到河邊，個個下水玩，母雞心裡想：奇怪，怎麼會這樣？

奇怪，怎麼會這樣？為什麼他們都不記得呢？

然後我安靜聽著他們熱烈說起，那時候誰誰誰暗戀誰誰誰，誰誰誰的父母會給老師送禮，誰誰誰又跟誰誰誰是親戚……這回換成我一無所知。

沒法被證實的記憶，像刺繡上不平整的一針，總是遺憾。

不是我記性好，而是我記得的都是一些像這樣奇怪的事。

一年級數學第一課，某個練習題，左邊圖片畫了三頭牛，右邊畫了三個我從沒見過的東西。只不過就是簡單的連連看，其他小朋友很快就完成了，我卻盯著那圖片茫然著。

後來才知道，右邊畫的那玩意叫做「犁」。

因為沒見過，所以就陷入了理解的障礙，說好聽點，這是我對意義詮釋的一種執著。或者只是說明了，我後來這一生聽到數學就色變，是從小學第一天就已經注定的事。

．．．

（有兩個不能不提的名字。）

王小明與李大同，他們雖不是同學，可是總不時就會出現在課堂上。課本封面上與內文插圖裡，總會看見兩人一式都是白襯衫與黃色卡其小短褲，究竟哪個是哪個，如何分辨，已不重要了。從《國語課》到《生活與倫理》，這兩個小朋友總是盡責地為我們示範著小學生的角色。告訴我們，要孝敬父母，尊重師長，友愛同學。

小學低年級的心智，還不懂得虛擬是什麼，約莫以為在這世界上，一定會有一個王小明和一個李大同，過著與我們一樣的生活。

然後，不知道從哪個年級之後，當我們再看到王小明與李大同出現時，開始發出了不耐的訕笑：「吼！又來了！」

這兩個平庸的名字，恰如他們毫無性格的言行，再也引不起我們的興趣。他們只能繼續寂寞地留在課本裡，任憑我們為他們畫上鬍子，添上他們絕不會說出口的髒話。

就這樣漸漸忘了。

忘了曾經睜著童駭大眼睛，努力想要記住每一課新知識的自己。開始懷疑，學會計較，生活裡的許多規定愈來愈顯得沒有道理：

為什麼見到老師要鞠躬？為什麼手帕衛生紙沒帶要罰掃地？為什麼每天要朝會做早操？為什麼為什麼……？

．．．

經過這麼多年後才懂得，生命中最重要的事，王小明和李大同在小學一年級的時候就教過我們了。

不過就是：**整潔**。**秩序**。**健康**。**禮貌**。

溝通管理學，理財投資術，這些看似更高深的技能，或許只是填補了我們心中的不安與虛榮的渴求。

小學生成語，今日事今日畢，其實就是心安的不二法門。聚沙成塔集腋成裘，無疑是人生風險控管的第一課。

飲水若能思源，社會上又哪來這麼多難看的吃相？

費了這麼多力氣在所謂的吸收新知，跟上時代腳步，結果時代卻繞了一圈，來到有機慢活當道的新千禧。

於是中年後心虛力竭的我們，有人開始熱中起反璞歸真，認真奉行養生的課表，一如小學生的簡素規律。

當年不屑的老祖宗智慧，被新瓶舊酒重新包裝之後，或成暢銷書，或成開悟心法，彷彿前所未聞，讓人皈依猶恐不及。人生到頭來，又重新渴望能夠找到一些可以相信的基本道理。

才明白一度以為終於擺脫的那兩個傢伙，其實一直都在我們的心底。

（還記得青年守則十二條嗎？整潔為強身之本。仁愛為接物之本。助人為快樂之本。有恆為成功之本……）

・・・

沒有大量資訊與傳媒的童年，小朋友理解事物的管道有限，也就是一天一天、點點滴滴，從這些長大後覺得是陳腔濫調的課本裡，吸收了生命的雛型，開始想像世界會是什麼樣。

從懵懂的幼兒，第一天背著書包上學去，一眨眼幾年之後，我們竟然就學會了基本的聽說讀寫，算術的四則運算，還懂得了團結力量大、勝不驕敗不餒、己所不欲勿施於人……這些抽象的人生道理。

當然還有「我們的校訓」，那四個高掛校舍樓面的銅鑄大字，**禮 義 廉 恥**。

看著一張張多了些歲月的面龐，彷彿又看到了王小明、李大同，喔，還有偶爾來客串的林美美、張小華……。那個一開學領了新課本，總會迫不及待翻過一遍的我們早已消失了。

或許不像大學同學會，除了課堂的記憶外，我們還有校外的社交生活可懷念。與中學同學會相比，大家也少了一份共拚聯考的革命情感。中間空白的四十年，我們從沒有期待過，他日重聚能夠有多麼盛大熱烈。

然而，只有在座的我們還會記得彼此，曾經朗朗大聲背誦著課文，對這世界沒有憤怒，也沒有算計的模樣。

——尋人啟事

功課不好，常挨板子，小學同學C總是有種怯生生的神情。

國二時，一回放學後碰到，原本瘦小的他一年內突然抽長了，訂做的制服貼身緊緊包住身體，扁扁的書包，屌屌的眼神，身後還跟著幾個小嘍囉。

也不過一年前，我們還是同班一起上課的小朋友。而今放牛班與升學班把我們分隔成兩個世界。對於C的改變，我說不出是尷尬還是懼怕，只想低頭走避。

沒想到，當他經過身邊時，我們四目相接，我看到他的臉上突然又露出了小學時那樣靦腆的微笑，表達了與我相認的友善。

C的微笑讓我慚愧，也讓我掛心。放牛班有放牛班的生存法則，不是被揍就是變成老大去扁人。

他應該比我們都更早懂得，什麼叫純真失落吧？

只是我不解，一個心裡有老同學的人，怎麼可能真成了流氓？……

多年前的那個疑問，在四十年後終於得到了解答。同學會上看見C與陸籍女友開心地與大家互動，自然想起了當年路上的一幕。

偷偷問其他人，國中後他有繼續升學嗎？答案出乎意料，他竟然因為身材比例佳，被保送進了體專，主修舞蹈！

看見中年肥成一桶油的他，難以想像他曾是專業舞者。我忍不住笑起來。是打從心裡為他高興的笑，也為我們當年那擦肩一望而笑。

只聚了那一次，之後他就中風了，現住在對岸由女友照顧。問其他同學他現在如何了，沒人清楚。

人生不相見，動如參與商。
今夕復何夕，共此燈燭光。
少壯能幾時，鬢髮各已蒼。
訪舊半為鬼，驚呼熱中腸。……

從沒想到，有一天竟然會在杜甫的詩中撞見自己。

⋯

同學會上難免都有幾位永遠的缺席者。

在人生路上，他們選擇提早下了車，當其他人正興沖沖為升學為戀愛為第一桶金打拚的時候。

有生之年，連同事同業同行同門這些關係都來不及建立，如今除了家人之外，世間還能說得出他們名字的人，只剩下同學了吧？

小學同班六年的H，總是坐第一排，成績中段。升國中前，家裡把他戶籍遷到台北某知名學區，讀到國一下學期，他就跳樓過世了。

在那個時代，人人都被聯考壓得頭抬不起來，到底壓垮他的最後一根稻草是什麼？沒人敢再去追究這個禁忌的問題。

考卷與參考書殺不死人，是家長與升學主義的聯手，是缺乏同儕的關心與互動，這些或許是更致命的幫凶。

四十年後同學會上大家才發現，當年成績好的同學，最後多半都在教書，要不就成了公教人員，我自己就是一例。反而成績較差但個性活潑的，許多都當了老闆，或在民間企業界幹得有聲有色。

‧‧‧

動輒一班五、六十人的年代，同學中總有幾位類同隱形人。

真夠無趣或愛搞孤僻的傢伙都還會引起注意，但成績中等的他們，從來不遲到，值日打掃從不會偷懶，可也沒看見誰與他們較熟，下了課也多半靜靜待在自己座位上。

高一到高三，我的座位鄰居J就是這樣一個人物。臉上總掛著淺淺微笑，每逢被老師點名問問題，他一定半側著頭，很努力想要聽清楚題目的模樣。他的回答永遠帶了一點口吃，大概是緊張的緣故。除此以外，他給人的印象是一貫安詳平和，客客氣氣，有同學在耍寶的時候他也跟大家一樣，笑得很開心。

同學會上聽說，他大學的時候就自殺了。

因為大家跟他真的不熟，對他的死無人能發表任何意見。我卻仍清楚記得他說話的聲音。我的座位曾離他那麼近。

我感覺他總在團體的邊緣等待著機會加入。不知為何我有種說不出的愧疚。我甚至懷疑，在搜尋同學製作通訊錄時，J有可能根本被漏掉。

會不會因為他已預知，未來在同學會上，當我們再度說出他的名字後，接下來會出現的沉默，因此早早便以退出宣告了對我們的失望？

・・・

小五才轉學來班上的P，頗清秀可愛的一個小女生，個性也開朗，很快就與大家打成一片。有一學期我們的座位是排在一起的，記得放了學我還曾去她家玩，感覺家境滿不錯。

畢業後她先去念了北市某女中，國二時卻被退學。轉到我就讀的國中，一度造成轟動。××金釵幫派赫赫有名的老三已是她的名號。

在校園裡遠遠看見她招招搖搖走過，四周圍觀的男生吹口哨的吹口哨，撂狠話的撂狠話，我無法想像才一年時間，她怎麼會有這樣大的轉變。

四十年後，同學會上的新加入者突然說起，有人在台中看見P，其他眾人的眼光立刻都轉向我，臉色全變了。

我只好又重述一次。在安放母親骨灰的精舍裡，有天我無意間發現，在一排排的靈位中有一張相識的倩影，人名也無誤，是P沒錯。

從泛黃的照片來看，她在此已多時。

但，我從沒向老同學提起的是，高中時有回經過一間電影院的櫥窗，在一部三級片的劇照中，我看見了輕解羅衫的P。

還有，每回去祭拜母親的時候，我也會到P的牌位前打聲招呼，告訴她，在我的記憶裡，她一直還是那個天真可愛的少女。

那個堅持說P在台中的同學仍不相信，我說，改天我帶你去看她要不要？大家哄堂一笑就轉移了話題。

改天帶你去看她——

突然就脫口而出的回答，事後想想也好笑。彷彿像在說，我們這些年來一直都有保持聯繫呀！

——男女合班

國中同學會群組中有消息來報：當年班上的美女之一可能被尋獲了！

過程十分不可思議，竟然是在某人兒子臉書中好友所貼出的家族照裡出現了疑似老同學的下落。影中婦人已不復飄逸青春，因此沒人能百分之百確定。照片又被轉貼於同學會群組供大家研判。

我忍不住在一串嘰喳討論後插話：是她沒錯。

你怎麼知道？有人反問。

我說，看她的那雙眉。林黛玉被稱為顰兒，不可能是每天皺個眉頭，可能就像是她的眉，生得不一般高，自然有種似怨非怨。當國文老師的某女同學在我的發言後，貼上了一個笑翻的貼圖。

（這些人，怎麼只記得她是美女，卻記不得她的容貌？）

⋯

想起了幾年前有一回，父親在參加某個藝文活動後告訴我，當天有位工作人員特地過來向他打招呼，自我介紹說是我的國中同學。

現任公職的她，留給父親一張名片。一見那個名字，許多回憶都回來了。

同班三年，我與她的座位有好幾回被排在一起。

那位女同學當年成績並不好，拜班導師一招連坐法之賜，男生第一名與女生最後一名同座，女生第一名與男生最後一名同座，以此類推，我們於是有幾次成了共患難的同桌難友。

典型升學主義暴君的班導，為了分數無所不用其極，每一科考試照三餐打不算，還經常想出一堆羞辱人的怪招。

男生舉椅罰跪，女生抱垃圾桶罰站，還要對著全班認錯：我是吃分鬼，我是垃圾，拖垮了班上總平均……簡直到了變態的程度。

導師數學課堂堂小考，考完在堂上就打。座位排與排之間互改考卷，對成績較差的同學我們最後都放水，好讓他們能少挨幾鞭。

高中聯考放榜，我們班考上第一志願的人數，比預期的少了一半。

我大概是最讓老師們跌破眼鏡的了，但事後反倒慶幸自己讀的是師大附中，校風自由，終於可以跟這種無聊的成績競賽說掰掰。

可憐的是小我三歲的小說家駱以軍，等他進了同一所國中，竟然碰上的就是我當年的導師。經過我們這一屆的大挫敗後，聽駱的描述，他的變態顯然更變本加厲了。

‧‧‧

雖然班導用盡心思，想製造同學間為分數廝殺的恐怖氣氛，但是班上同學一直都相處得很好。

因為是男女合班，所以上的是家政課而非工藝。烹飪課上老師教做肉羹湯，男生們幾乎就是負責吃而已。

不知是當年民風仍保守，還是升學壓力實在太大，班上男生女生沒有公然的戀情發生，總在朦朧的曖昧狀態。難怪同學會上，幾個歐吉桑還在繼續調戲著記憶中的少女，這遊戲一玩就是四十年。

我印象深刻的則是，體育課要換運動服，都在自己教室裡。女生換裝時，由男生站在教室外把風，以防樓上男生班的痞子居高臨下，從氣窗偷看。

除了我以外，不知有沒有其他人注意到，班上繼續失聯或對同學會反應冷淡的，幾乎都是當年成績後段的女生？

那幾個沒有出席的女生，我跟她們幾乎都坐過同桌，都是文文靜靜的，不知道她們現在如何了？

向父親問好的那位女同學，國中畢業後就再無聯絡。她請父親向我轉達，謝謝我對她的照顧。因為她一直記得，那時每次她被導師的藤條伺候後，我都會講笑話唱歌，想辦法安慰她。

讀著名片，那一刻我才悚然意識到，當年還是國中小男生的我，其實並不真的明白她的痛處。

當著全班男生面前，總被班導打得五官因疼痛而扭曲，這跟班上若都只是女生的狀況相比，創傷程度應該更深吧？

（就算不是班花等級，也都擁有少女的自尊心啊！）

而我所做的，相形太微不足道了。

⋯

不久群組又有消息更新，那個臉書中的照片是我們班的美女沒錯，有同學打電話去確認了。但是之後對方又派出兒子轉達，母親不希望受到打擾，請將她從群組中撤下。

啊，怎麼會這樣？

原本眾人的雀躍開始轉成難堪，不甘心這樣被打臉，欲發起一人一信共同來挽留……

同樣是缺席，得到的關注卻大不相同。除非是美女，否則繼續收到鍥而不捨的邀請是不太可能的吧？

給她一點時間調適啦，這樣突然出現，她也許沒有心理準備──潛水很久的我不得不在群組裡補了一句。

若非同學會展開募集的時間點，正好碰上我留職停薪回到台北照顧父親，否則蠟燭多頭燒，焦頭爛額的我，又怎可能回覆出席？

（重聚，一如最初的相識，都是機遇啊！……）

本以為，願意跟父親提起往事的那位女同學，應該已放下了不愉快的受辱記憶。結果，她只出現在群組裡與大家打過一次招呼，從此便消聲匿跡。該不該按那名片上的聯絡方式，跟她問聲好呢？這也讓我陷入兩難。因為說完了「你好」、「好久不見」這些客套之後，話題一定會轉到她託父親所轉達的訊息。我該說哈哈我都忘了妳挨打的事，還是……

原來，少了同學會的前提，也沒有七嘴八舌的熱鬧當鋪陳，兩個失聯近四十年的人突然要來單獨話舊，是件比想像中尷尬的事。

——國語課

天這麼黑，風這麼大，
爸爸捕魚去，為什麼還不回家？
聽狂風怒號，真叫我心裡害怕。
爸呀爸呀，只要你早日回家，就算空船也罷……

都半個世紀過去了，我仍記得小學國語課本裡的這一課，不得不說，真是一首讓孩子們一讀就上口的短詩佳作。

作者不可考的這首小詩首次出現在國語課本裡，是在民國三十九年，當時課文篇名叫〈漁家〉。

據說之後篇名與內容共經歷過九次修改，到了我讀書的時候，記得應該是叫〈爸爸捕魚去〉。

詩中的修辭也與時俱進，種種小細節一再斟酌修改，像是從最早的「捉魚去」改成了「捕魚去」，「早些回家」變成「早早回家」，之後又變成「早點回家」……

一旦知道光是早「些」、早「早」還是早「點」這一個字，就更動過好幾回，倒教我不免有點迷糊了。

是我記憶有誤？還是心之所向使然？因為我記得的版本是「早日回家」。

一字之差，不光口語流暢與否的問題，字裡行間的情境與心思就大異其趣。

還是比較偏愛印象中的「早日回家」。

那意思是，父親已出海好幾天了，歸期遙遙，牽掛思念憂慮達到頂點。「早點回家」帶了些交代或命令的語氣，放進上下文中，那擔心比較像是臨時的，純因變天而起。但若是「早日回家」的話，呼之欲出的是孩子日日都在掛念擔憂著，碰到了天黑風起時尤甚，更能道出討海人生的艱苦。

從天氣的描寫轉寫進心情，再從敘述的口吻換成內心獨白，短短幾行卻具體而微了文學的豐富。

無法判定這是否曾是開啟我文學感觸的第一道光，但確知的是，至今對它難忘，絕不僅是因為全篇抑揚頓挫的節奏感而已。

⋯

（爸，來背國語囉！——）

年邁失智的父親，不可思議地，還能夠記得他小學國語課本上的一些句子。

現在的我常藉此逗他開口說話，避免他的失憶繼續惡化。多半時候總是茫然遲緩的父親，每當背誦起國語課文時，臉上總會出現久違了的愉悅神情——

「穀子去了麩皮就是米。」

「這高出地面的是什麼？」

「今日晴，可是有風。」

……

那年頭，白話文還沒那麼普遍，在河南老家鄉下，大家都還是說著地方話，上小學前，父親還曾進私塾跟著老先生讀過古文。

大陸各省方言南腔北調，不是人人一生下來就會說國語。老一代的外省人也跟台灣二戰後的本省同胞一樣，其實都是經過從口語方言，過渡到國語書寫的強制訓練。

聽著父親口中唸出的句子，那統一過的標準北京話使用，不禁想像起稚齡的父親手裡握著鉛筆，就這樣一句一句，一筆一畫，在作業本上反覆練習的模樣。

聽熟了只當是平常。這些句子裡暗藏著什麼樣的風景，之前卻不曾真正費神去體會過。

仔細品味一下，「這高出地面的」應當就是河南老家常見的黃土矮坡吧？……遇到農忙，父親也曾幫著一起將「穀子去麩皮」不是嗎？……

原來，那每一句中所描寫的，就是他童年的生活啊！

「今日晴，可是有風」這一句讓我特別有感。在離家數十年的父親心裡，它召喚出的又是哪一個時節的風景呢？是中國北方的秋高氣爽？還是在鄉間奔跑，無憂無慮的少年時光？……

（那樣的風，就像是拂過心頭的記憶吧？）

．．．

每一代的重聚與懷舊，都有著各自的脈絡與核心。

記得小時候跟著父親去參加過他北平藝專的同學聚會。當年的他們正是如今我的年歲，彼此師兄姐弟相稱，不是為了懷舊，而是守護著一個新的開始。戰火離散後重新撿回來的人生，不同年級科別，只要是校友都算半個親人。一位師妹嫁的是美國人，聚會時帶來了一個混血的胖兒子。多年後，大師姐來電話：「莉娜的兒子上電視了！」那就是後來的費翔。

那樣的同學會，是重新落地生根後暫時的喘息，是鄉愁的療癒，更是倖存的見證。

終究沒有不散的筵席，上一代的人就在我們忙著成家立業的時候，一轉眼就已迅速凋零。

十幾年前陪父親去過一趟北京，在現已為中央美術學院的母校舊址，他舉辦了一次個展，完成了一樁心願。

那是父親身體還健康時，與他最後的一次旅行。

這一回，我終於見到他同年級西畫組的同窗。聽他們談論著當年的老師徐悲鴻與林風眠，還見到依然健在的徐師母廖靜文。精神矍鑠的她，面對著在淪陷前徐校長教過的最後這一班學生，印象依稀如昨。

在文革期間同窗反目誣告鬥爭並不少見，如今都八十幾歲碩果僅存的老同學中，過去三十年都因文革舊恨不曾往來的，竟然為了與父親這場相聚，這一天他們首度同桌，恩仇終於一筆勾消……

父親的同學會，淨是剪不斷理還亂的無奈。

．．．

「我得過全縣國語演講比賽第一名。」背完國語的父親，最後總會再補上這一句。

不知是沒有氣力再接著把底下的話說完，還是他已經記不得，以前在這句話說完之後，他總要再重述一遍的那個故事。

（爸，沒關係，我已經都幫你記著了……）

鄉下孩子進城參加全縣國語演講比賽，身上穿的是一襲土氣的藍棉襖掛子，結果看見城裡的小學生，穿的都是筆挺的卡其童軍服。

他從沒看過那樣時髦神氣的式樣，再加上北京話並非母語，當下，那個穿著長襖的鄉下孩子一度自信全失，甚至以自己的一身鄉下人打扮為恥。想不到，最後還是讓他拿下了第一名！

往後這一生，儘管他已經成為西班牙皇家藝術學院的院士，或是桃李滿天下的大學教授，可是，每當他想起那個鼓起勇氣站在台上，帶著些許鄉音侃侃演說的自己，他總是會露出得意的微笑。

（那一天在他的記憶裡，也永遠是個有風的晴天吧？）

不能小看童年時課本上的每一課，我們真的不知道，哪些當年看似無足輕重的一句話，會跟著我們一輩子。

失智的父親，如今就像在天黑浪高的海角某處漂流著。做為照護者的我，日日都活在喃喃的祈禱中，憂心地在岸邊守候。

爸呀爸呀，只要你早日回家，就算空船也罷……

雖然整首詩還有下半段，父親的船載滿了漁貨，歡欣歸來，一家大小得以溫飽，我卻總背到這兒就打住了。

眼下，這寥寥幾句已彷彿成為了父子生活的一個隱喻。保存在記憶中多年的國語課文，再不是一首關於討海人的童詩而已。

——淡淡三月天

從小學時代就朗朗上口的這首歌，卻不記得有多久，沒在公開場合聽到有人演唱或者播放了。

淡淡的三月天，杜鵑花開在山坡上，杜鵑花開在小溪畔，多美麗呀，像村家的小姑娘……

小學音樂課本收進了許多中外著名藝術歌曲，也許幼時還無法完全領略，詞曲在淺顯之餘其實頗有深意，那些歌曲潛移默化的效果不容置疑。

記得小學時參加合唱團，打進全省總決賽時唱的是一曲〈農家好〉：「農家好，農家好，綠水清山四面繞……」雖是好聽的藝術歌曲，但也沒有再傳唱了，是因為年輕人都想往城市去嗎？

長大後才發現，我根本不知道這首曲子是誰寫的。

特別上網去查，詞曲作者楊兆禎是出生新竹的一位客家籍音樂家，他的另一個作品〈農村四季〉，也是小學音樂課本裡學唱過的一首難忘旋律。

還有多少音樂課本裡的詞曲創作者，就這樣被我們遺忘了呢？

像是為許多西方名曲〈白髮吟〉、〈散塔露琪亞〉填上雋永中文歌詞的蕭而化是何許人也？將〈紅豆詞〉譜成曲的劉雪庵，竟然還寫過〈踏雪尋梅〉、〈長城謠〉、〈飄零的落花〉……這麼多膾炙人口的藝術歌曲，甚至〈何日君再來〉也是他的作品，有多少人還記得？

沒有大量傳媒製造流行音樂的時代，童年時迴盪在生活空氣裡的，可能是美國民歌〈老黑爵〉、舒伯特的〈野玫瑰〉，或中國民謠〈紫竹調〉、〈康定情歌〉。就算不在音樂課本裡，像〈紅豆詞〉、〈清平調〉也都是我們幼時耳熟能詳的。

我的研究生裡竟然有人從來沒聽過這些歌。

⋯

少年時早熟又善感的我，總被〈杜鵑花〉後半段描寫的一個場景深深打動，每唱到該處，心裡就隱隱發酸——

摘下一朵鮮紅的杜鵑，搖向那烽火的天邊；
哥哥，你打勝仗回來，我將杜鵑花插在你的胸前，
不再插在自己的頭髮上⋯⋯

畫面中的小姑娘，對著不知名的遠方，舉搖著手中一朵血紅的杜鵑，心裡思念著戰場上的情人，許下最深的承諾，也吞下最難忍的國仇家恨。沒有慷慨激昂，只有幽幽的傷懷，呼應了歌曲一開頭的「淡淡三月天」，特別讓人因為這種反差而深感動容。

世界上任何一個發生戰亂的角落，勢必都有無數個這樣的少女身影。

即便是聽過這首〈杜鵑花〉，現代年輕人對它的印象，也頂多停留在「淡淡三月天」那樣輕快的前半段，顯少知道這是一首抗戰歌曲。

隨著年紀增長，我對這首歌越發地懷念。不僅因為這是一首好歌，也因為它是我與我父母那輩人，某種最後記憶的聯繫。

國破家亡不是在台灣生長的我們所能體會的，卻是我的父母輩前半生一直揮之不去的陰影。他們沒有無憂的童年，也沒有燦爛的青春期，只有不斷在逃難。

年長之後才了解，他們愈是迴避談論，愈表示他們的受創難以言說。

母親生前也喜歡寫作，她早年有一篇散文〈在澳門的日子〉，記述了十七歲的她從大陸逃出，一時還無法取得入台證，只好先在澳門落腳，寄讀於華僑大學的那段回憶。

文中有一段描寫在故鄉淪陷後，漂泊異地的第一次雙十國慶，她與同學人手一面國旗，衝上街頭拚命舞搖著，大聲唱起國旗歌，每個人無不激動得熱淚滿眶。

那個畫面後來就一直讓我聯想到〈杜鵑花〉那首歌。少女的母親，手中的國旗化成了一朵杜鵑，朝著故土揮舞，也提前揮別了青春……

・・・

在台灣出生的孩子，大概只有四、五年級還會記得，我們的童年確實是在備戰狀態下度過的。

金門單打雙不打的炮戰依然進行，路上不時可見大型看板，宣導民眾在遭受不同戰爭武器攻擊時會遇見的警訊與逃生方式，從原子彈、化學戰、生物戰，到毒氣戰……描寫得鉅細靡遺。

空襲演習也都是玩真的，經常在課桌椅下一躲就是一個小時。小朋友都得學會一招遮眼張口，記得是為了減低爆炸強光與震動傷害。

曾幾何時，身邊再也沒人會談起這段記憶，彷彿那是什麼羞恥的事。

有時我會跟年輕的孩子們說，生活在台灣真是太幸運，應該懂得惜福，因為這裡是世界少有，在過去六十年裡沒有發生任何戰事的國家。連美國都還接二連三從越戰、波灣戰爭，到近年的反恐派兵伊拉克，一直不斷有年輕人戰死沙場。

（但是，憂患與貧窮，真的該被遺忘嗎？……）

寒流過後，意外的幾天春暖，我與高齡父親一起坐在陽台上曬太陽，沒察覺自己竟然又哼起了〈杜鵑花〉。

上網搜尋，發現作曲黃友棣先生在二〇一〇年過世了。這個名字在中小學音樂課本上也經常出現，但是他溘逝的消息卻雲淡風輕，我沒有一點印象。

——旗袍往事

老相簿裡的母親，在我還沒上小學之前的民國五十年代，經常是一身旗袍的打扮。記憶中一直是屬於時髦女性的她，竟然也有過迷戀旗袍的階段，我之前並不以為意，以為那就是某種老派的流行。

母親穿起旗袍來有種不同於古典婉約的風味，反倒看起來十分現代幹練。那是母性的，也是青春的。

三十多歲的面龐，仍然有著少女的豐腴，但那一身合度玲瓏的旗袍，配上一絲不紊的鳥窩頭後，立刻就讓她成為了大人。一個不得不挑起生活擔子的母親，白天上班晚上餵奶，彷彿忙得連衣服都來不及換似地。

我閉起眼，回到了最早的童年記憶。

我的身高還只到母親的膝頭，把臉貼在那些旗袍下擺的圖案上，有一種安心。

・・・

在那年頭，奔波於職場與家庭間的女性，經常選擇旗袍而非洋裝，那是一種什麼樣的自我期許呢？

到了我們晚輩的眼中，如果只看見保守傳統，會不會我們的母親們有一些什麼藏在旗袍下的心情，都被忽略了呢？

職場上的男人需要西裝當作戰袍，女性又何嘗不是？

更何況，在彼時男尊女卑的現象更勝於今，企業公司裡為數不多的職業婦女穿起旗袍，上班時端莊與練達兼具，以別於被呼來喚去的茶水小妹，恐怕是一種必要的立場表態。

下班後繼續去買菜、訪友，帶孩子看病，就這同一件衣裳，再怎麼忙也不會讓人覺得灰頭土臉，總是可以看起來清爽俐落。

那樣的裝扮永遠是得體的。更不用說，早晨趕車出門也不必費神在鏡前搭配，衣架上取下旗袍套上便是。

得精打細算過日子的母親們，在那個年代只要有幾件像樣的旗袍，就可以應付一年四季所有的場合。

反倒是電影《花樣年華》裡，張曼玉每出場便換一件的那些旗袍，緊包住身軀逼出柳腰豐臀的剪裁手法，真的嫌太誇張了，純粹是導演戀物癖式的意淫，完全不符合那個年代裡，旗袍對女性的實用意義與功能。

・・・

當年，做旗袍著名的「楊柳青」與「松梧」兩家裁縫店都在永和，許多台北人都專程來此量身訂做。

一件好手工的旗袍穿上身後仍然要游刃有餘、行動自如，靠的是老師傅的經驗，哪裡該多留半寸，哪裡該多收一指，上身後才可以於勞務之餘，依然不失窈窕。

（顯然這已是在失傳中的手藝了吧？）

要取得好旗袍料也不容易，既要耐皺，還要透氣，一體成形的造型沒有多餘的綴飾，能比的就是花色圖案。陪母親去訂做旗袍的童年記憶裡，總不乏每位客人攤出的那一匹匹爭奇鬥豔的布料。

春夏秋冬四季都有不同的織工，婚喪喜慶也都需要各自的質地。

裁布時除了線條要對得直，花案更要湊得巧，該在下擺的，該在胸前的，都得事先在那一匹匹布上好好琢磨。

身邊女性長輩在那年頭更是非旗袍不可，發福走樣免煩惱，一襲剪裁得宜的旗袍仍會讓人看起來雍容大方。

就連電視上的歌星也不乏以一身旗袍做為她們的招牌特色，最著名的就是紫薇與美黛了。從小就看到紫薇永遠是素色旗袍，完全是一個媽媽樣，不沾任何俗豔，人家還是紅了一輩子。

美黛也是歌唱公務員型的，直到前幾年金曲老歌演唱會上，還可以看見她五十年如一日，不改她的旗袍標記。

・・・

老照片中有一幀是父親在香港半島酒店開畫展時的留影。

時間是一九六一年，父親去了歐洲多年，終於整裝要回國了，我的出生還得要等他回台幾年之後才會發生。

中途父親停留香港，他的北平藝專老同學李翰祥，當時已是邵氏電影公司的名導演，立刻幫他籌辦了一場畫展，還邀了不少名人影星來捧場，其中一位便是甫摘下世界小姐第二名后冠的「中國小姐」李秀英。

有一種說法，當屆的世姐第一名後來被爆已婚，李秀英因此遞補，其實她是世界選美史上唯一的華人冠軍。

照片中，父親與李翰祥就站在大美女的左右兩側。即使一身素雅旗袍，也完全遮不住這位李秀英的美豔逼人、光芒四射，兩個大男人在她身邊全成了小跟班似的。

（這個美女後來哪裡去了？）

中國小姐穿旗袍天經地義，我雖沒法親眼目睹，但也不得不承認，恐怕沒有人比這位李秀英更能穿出旗袍的美感了。

我能說得出的旗袍美女是白嘉莉與張美瑤，張曼玉都還算不上。

李秀英是韓國華僑，祖籍山東，家境據說十分清寒。白嘉莉跟張美瑤的出身也好不到哪裡去，都是年紀輕輕便出道擔負家計的苦命女兒。

白嘉莉從夜總會的報幕小姐，到老三台時代成為「最美麗的主持人」，學歷不高，卻是任何大型典禮少不了的定心丸。那樣的氣勢與氣質，彷彿靠的就是她無敵的旗袍身姿。

莫非因為，早年這些美女的身世坎坷，讓她們多了一種挺起腰桿做人的成熟與堅強，所以才特別穿得出旗袍柔中帶剛的本色？

・・・

經濟拮据的民國五十年代，穿壞了的或不合身的旗袍也沒人會亂丟。母親會拆開縫線，用舊布料拼剪成一件背心式小襖，成了我貼身又保暖的居家服。

穿成那樣的我也在相簿的留影裡，傻瓜一樣盯著鏡頭。

雖然自己沒有生養過兒女，但是我每次看到別人的小小孩，全身昂貴的童裝，完全是成人造型的縮小版，我就覺得有種說不出的怪。

貝比就應該是一身亂七八糟的舊衣服，至少我是這樣認為。

那模樣反而看起來特別的可愛，完全不必有物質的奢華，就可以每天開心，逢人便笑。

穿上設計師打造的童裝，我總看到小小孩也多了市儈勢利的嘴臉，與他們的父母如出一轍。

舊旗袍布料不僅被母親拿來修改成童裝，還可以裁成茶墊枕套等等用品，就連收音機喇叭外覆的包布破了，也用的是母親的舊旗袍去修補。

曾經，家裡處處都有母親的影子。

舊旗袍做成的補釘，彷彿就像是她的人，被生活剪成了一片片。

・・・

相簿裡另有幾張黑白照片，是母親住在南部的堂姐北上，我們一起去碧潭泛舟所拍下的。

畫面裡母親與阿姨都是旗袍打扮，背景裡看得見撐篙的船夫。那時的碧潭是夏天的消暑勝地，載客小船上放著幾把藤椅，幾杯熱茶，也就是這樣而已。但是畫面中的大人都笑逐顏開，像是來到了什麼百聞不如一見的名勝，滿滿都是幸福。還在讀幼稚園的我一直都記得，時光被相機挽住的那個下午。

（那時父母都還多麼年輕啊！）

另外一張已經褪色的彩色照片裡，母親一身祖母綠色的旗袍，站在西裝筆挺的父親身邊。那件旗袍我印象十分深刻，亮面緞織出如鱷魚皮般的紋理，相當別致。

母親與外祖父的一張全身合照，特別放大了存放在相簿裡。她依然是一身淡色旗袍，而照片中的外祖父，那樣西裝領帶的打扮不在我的記憶裡，從我懂事以來他總是長袍馬褂。

她生命中的兩個重要的男人。

人生還不到半場，穿著旗袍的那些年，站在這兩個男人身邊，總帶有一種仍像是婚禮上新娘的含羞，一切都還在適應轉換中，靜待命運對自己的安排。

然後旗袍的階段就過去了，彷彿塵埃落定。

．．．

相簿一路翻到我高中時期，母親生前最後一張穿著旗袍的照片赫然出現。

場景是某個長輩的壽筵，母親一身大紅，非常喜氣。印象中，那套紅絲絨連著上衣兩件頭款式，也是母親最後一次訂做的旗袍了。不久之後，母親就第一次罹癌，之後身體狀況一直不佳，再不能撐得起這樣的隆重打扮。

看著相片，突然很感慨：如果母親一直身體健朗，中年後的她穿起旗袍，又會是什麼模樣呢？

前兩年我把老家住處做了一次大清理與翻修，在整裡母親衣櫃時，竟然發現好幾件數十年都沒有穿過的旗袍，仍被母親罩上塑膠套好好保存著。

我決定繼續將它們留下。

一件件取出端詳，沒有哪件是我沒有印象的，每一件都彷彿還留著幼稚園的我在她裙襬磨蹭的記憶，每一件也都保存著那個三十多歲年輕母親的身形。

母親想要留住的不是衣服本身，而是將幾個人生階段，用不同的幾件旗袍做了註記！在她過世十餘年後，我這個做兒子的才終於看懂。

（她是否也曾盼望過，生命中還會有下一件旗袍？……）

如果命運有不同的安排，在她八十大壽之日，她應當會再度穿起旗袍，戴上一串珍珠項鍊，加上滿頭銀髮，成為一個金玉滿堂的老夫人……

但如今我只能想像那個畫面，然後，把母親的舊旗袍又一件件掛回壁櫥裡。

——反共年代

那時，四處都還看得見「反攻大陸解救苦難同胞」的標語，只有三個電視頻道，每到晚上九點，都會三台聯播一個叫〈我從大陸來，來談大陸事〉的政宣節目。

文化大革命還未落幕，節目中請來反共義士詳細描述鬥爭地主、破四舊、打倒走資派……的種種酷刑手段，揭露「共匪暴政」。

同一個時段還播映過一部大家討論熱烈的電視影集《寒流》，共匪嘴臉從此深入每個老百姓的心裡，全民反共情緒隨著中南半島赤化、越南淪陷更達到最高潮……

如今回想，還真不得不佩服那時候的台灣導演們。

兩岸敵我分明的時代，沒有人能夠真的前往大陸勘景，卻能夠在台灣搭出一場場「祖國河山」，不管是延安共匪老巢，還是紅衛兵大江南北串聯。

後來有一部《皇天后土》，大概是這些「擬中國」電影中場面最大的一部，以往從未出現在媒體上的毛像與五星旗，竟然都大剌剌入了鏡。

純粹就觀影的視覺刺激性而言，反共片也是一部比一部更有看頭。

但，並不表示那時在台灣的我們，從沒有機會一窺大陸的實況。

著名的義大利導演安東尼奧尼，在一九七二年成為第一位獲准進入中國拍片的西方人。最後完成了一部三個半小時的紀錄長片，片名就叫《中國》。

安東尼奧尼的角度難脫東方主義的獵奇眼光，淨拍些鄉下農村的勞動工人，老舊貧窮的巷道矮房，全不見偉大的共產主義天堂，因此被當時中共的「四人幫」痛批，全面封殺禁播。

老共原本想藉此片向西方世界示好不成，倒讓我們這邊賺到了一個現成的反共教材。在那之前，從沒有出現過三台聯播節目的先例。

被重新剪輯過的《中國》，第一次讓台灣全國在那一個晚上，守在電視機前只有這個唯一選擇。收視率空前的好，可想而知。

話又說回來，在被反共教育洗腦數十年之後，誰不想看看，究竟天天在喊要收復的國土，到底現在長得什麼樣子？

．．．

其實，已經記不太清楚那晚上到底看到什麼了。

依稀是，黑白畫面，搖晃的手搖攝影，一張張人臉，一段段無聲的空景，慢吞吞又陰沉沉的感覺。

但仍有印象的卻是，因為這部片子終於要在電視上播出，生活周遭充滿了一種像是興奮，又像是不安的情緒流動。大概自老蔣過世後，低迷的社會很久沒有像這樣讓人期待的事件了。

小孩子對政治沒有概念，也跟著大人起鬨——哇！終於可以親眼看到水深火熱中的同胞了！會不會有殺人的場面？看完會不會睡不著覺？

最難忘的是，學校那天不給任何家庭作業，回家只需要乖乖看電視就好，這大概是五年級世代成長過程中最空前絕後的一次。

與父母一起坐在電視機前的那天晚上，我幾度回頭去偷瞄他們的表情，卻看到他們臉上有種故作鎮定的漠然，並沒有想像中會有的聚精會神。

有一個當時瞬間閃過的念頭，如今想起來，慶幸沒有脫口而出。

不是正在看著故鄉嗎？我心想。認真點看啦，搞不好待會兒不小心就跑出來一個你們認識的人哩！……

做孩子的怎能明白，這樣的輕佻其實已是一種殘忍與無知？

奇怪的是，對於播映過後大人們有些什麼反應與討論，我卻沒什麼印象。

看到那樣落後貧窮的中國，大家不是應該高興，自己是生活在富庶的寶島嗎？然而，彷彿大家覺得看到了什麼不該看的，只有奇怪的靜默。

或許是哀矜勿喜吧？或許是終於意識到，收復故土河山愈來愈遙不可及吧？這部紀錄片就匆匆如一場陣雨洗過當時的台灣，我也不記得後來有人再提起它。

．．．

米蘭昆德拉的小說《無知》，一開頭是這樣寫道的：

「鄉愁似乎就是因為無知而生的痛苦。你在遙遠的地方，我不知道你變成了什麼樣。我的國家在遙遠的地方，我不知道那兒發生了什麼事。」

多年後，當我人還在美國念書，看到電視上CNN報導台灣九二一大地震時，我多麼害怕會看到任何一個我認識的傷亡者畫面，或是我熟悉的某個地區如今只剩一片斷垣殘壁。而我又多麼急切地想要了解更多，說英語的連線記者在那一刻卻顯得何等模糊失真語焉不詳……

越洋電話斷訊了一整天，等到終於跟台北的家人通上話，知道一切平安，一夜無眠的憂心牽掛才終於放下。

那次我才終於真正感受到，什麼是故鄉。

四十年前的那個晚上，當父母面對著紀錄片裡那個只能保持距離的故鄉，只能繼續無止境的牽掛，年幼的我又如何能懂，那是一種怎樣的鄉愁？

PART
II

說不出的告別

——茶樓一九七〇

當年，除了老牌的「紅寶石」之外，台北最風光的港式飲茶當屬衡陽路上的「大三元」了。一進門就會看到一張歌仔戲紅星楊麗花的戲裝彩照，「大三元」的老闆是也。

歌仔戲與港式茶樓攜手頗具噱頭，不少饕客來此，多少也抱著或許可以看見楊麗花本尊的好奇。幾年後，幾位電影明星合資開了另一家飲茶，叫「春風得意樓」，也曾領過一時風騷。

儘管國際局勢險惡，台灣處境艱難，可是「莊敬自強、處變不驚」的精神，卻充分反映在當年總是一片熱鬧昇平的茶樓裡。

小毛頭不懂國家大事，年長後才發覺真是不可思議，從石油危機到台美斷交，一波未平一波又起，那些年大家是怎麼度過的？

如果可以選擇時光倒帶，最想回到的就是一九七〇年代，去聽聽茶樓裡的大人們，都在高談闊論些什麼？

一直喜歡飲茶與港式點心。

尤其當年都還是推車式的，熱騰騰蒸籠水氣氤氳，叫賣聲此起彼落，更增添了一種熱鬧的市井風味。

燒賣腸粉，蝦餃叉燒包。這些以往從沒吃過的美食，很快就成了我百吃不厭的口味。直到今日，鍾愛的仍是這些基本款。

聽說現在出現了脆皮酥炸的叉燒包，包了起司的燒賣，不中不西皆稱之為創意料理。殊不知，愈是這些基本款才愈見真章。

港式飲茶的全盛時期，每家百貨公司裡一定有一層是茶樓。

「今日百貨」裡的是「鳳凰茶樓」、「遠東百貨」裡的是「鑽石樓」、還有更早歇業的「人人百貨」、「第一百貨」……，就連我所居住的小小永和都有兩家百貨公司，各有一家「中信茶樓」與「金銀茶樓」。

本土百貨業蕭條了，連帶著港式茶樓遍地開花的景象，也早已退燒了。

．．．

偶然走進忠孝東路一個小巷內，發現有這麼一家港式茶餐廳，取名叫「**一九七六**」，號稱是台北市當年第一家廣東粥粉專賣店。

店名就是開張的年分，已不是最初所在的位置，是否真的有四十年歷史，不得而知。

環顧店內的壁上，貼著老西門町黑白照片的輸圖，畫面中有天橋與早已拆除改建成「錢櫃」的新聲戲院，除此之外，看不出任何其他時代線索。

這張老照片近年來在網路上經常被張貼轉傳，我一眼就認得。看多了不免就納悶，怎麼就沒有其他的照片被拿出來分享呢？

就像一些標榜台式鄉土風味的新式文創餐廳，店裡常會掛些老台語片的海報，但只要多吃過幾家之後就發現，永遠是相同那幾部電影，顯然都是為懷舊這筆生意，複製生產的商品而已。

倒是一九七六這個年分耐人尋味……

這家自稱老店的茶餐廳，不知最早是不是香港人開的？怎麼會有人選擇在這一年來到台灣開店？

一九七五年老蔣過世，當時謁靈民眾排成的長龍把國父紀念館繞了好幾圈。老台北人都會記得，那個離奇的四月四日，白天風和日麗，到了深夜卻突然雷電風雨大作，不少人都從睡夢中被驚醒。然後，從國父紀念館移靈慈湖的那個下午，台北上空突然颳起了罕見的類似龍捲怪風，風雲變色怪嚇人的。

難不成，是一九七五年越南淪陷前，撤僑行動來台的一批？過去海外華僑許多都有廣東背景，所以開起港式茶餐廳也似乎合理。那麼，一九七六這個店名，可能紀念的是劫後重生落戶的那一年？

不回顧一下當年，我們幾乎都忘了所謂的台灣人，還應該包括不少韓國華僑，以及中南半島赤化之後，來自越南、高棉、滇緬的僑胞。

一旦如此臆想，吃在口中的滾燙白粥，不知怎地，突然就多了一點風雨飄搖的況味。

有些數字年分會永遠刻在某一代人的心裡。一**九四九**，一**九七五**，甚或韓戰爆發的一**九五〇**，兩岸開放探親的一**九八七**……

不過是一個數字，劃下的卻都是人間悲劇的一線之隔。

⋯

緊接港式茶樓之後，港片與港劇也漸漸深入台灣人的生活。

港劇風靡台灣從何開始？大家立刻會想到的也許是《上海灘》，或是更早的《楚留香》。

其實，香港製作的電視節目配上國語，第一次在台灣電視頻道播出迴響熱烈的，應該是一九七八年的《雙星報喜》。

仍記得還在讀小學時，曾經詰屈聱牙地跟著電影《天才與白痴》的唱片學唱廣東歌，係啊、冇啊、邊個啊……從此，這些字眼也進入了生活語彙。

把港式喜劇帶進台灣的許冠文許冠傑兄弟，在電影《天才與白痴》賣座成功後，他們的電視節目《雙星報喜》也跟著大受歡迎。

在那之前對香港的印象，大都來自邵氏的電影。然而，從那些武俠片與黃梅調裡，其實嗅不到所謂的港味。長大後才知道，邵氏國語片的興起，一度造成了香港粵語片的沒落，這與台語片的命運有些相似。

有趣的是，粵語片武俠皇后于素秋是北京長大的，並不會說廣東話，全部是用配音。

而閩南語電影除了台語片外，還有另一支被稱作廈語片，也多在香港拍攝。當紅花旦「小娟」，就是後來紅遍華語影壇的梁兄哥凌波。

．．．

特別去上網查查資料，發現《天才與白痴》上片時間正是，一**九七六**！同檔期對打的是林青霞主演的《八百壯士》。兩部電影我都看了，竟是在同一年的夏天，我還真沒印象了。

還以為，一九七六年仍然是國喪期間，社會一片肅穆，充滿著備戰的夙夜匪懈呢！

很難想像距離全國上下人人臂配黑紗不過才一年，大家一面為《八百壯士》、《梅花》這樣的愛國電影熱血沸騰，一面又被《天才與白痴》逗得哈哈大笑。

《天才與白痴》不僅內容涉賭沾腥，又遇上元首崩殂的國家非常時期，當年若是被禁演都不奇怪，結果竟然安全放行，怪哉。

可見得記憶有時並不準確。

舊報紙的檔案照片中，兩部電影上映時的廣告並列，那突梯的不協調感，用如今的話語來說，真的很 kuso！不知這段歷史的人，搞不好會以為是什麼憤青在玩政治諷諭的拼貼吧？

・・・

許多館子這些年都愛打出「×十年老店」的宣傳手法，其實，真正的老字號名店眾所皆知，像是台北的「銀翼」、「天然臺」、「隆記」、「美觀園」……等，反倒不用特別懷舊，店裡自然有一種舊日時光的氣息浮動。

有些雖招牌不變，但菜色與環境卻已有物是人非之感。

「大三元」已不再是港式茶樓，價格亦不再親民，在第一次的台灣米其林評鑑中還拿下了一顆星星，我卻不知多少年沒再上門過。

然後前幾年還讀到一篇報導，說楊麗花並非「大三元」的老闆，她只是業者的「乾女兒」。少了楊麗花的「大三元」，那份記憶立刻也落漆了。

儘管星字集團的連鎖茶樓在台北仍然家家生意鼎盛，但已不再以推車方式叫賣，也總讓人感覺少了點什麼……

關於蒸籠推車，還有一段隱約的什麼在縈繞著……啊，想起來了！

場景是國三那年的寒假，某天班上同學約了去看電影，散場後一群人還不想回家，決定學大人去飲茶。

正當我們吃得開心的時候，我注意到在那些穿著沾滿油漬的制服、推著蒸籠車的服務生中，有位在校園裡打過照面但並不相識的同校生。茶樓生意興隆的當年，想打工的孩子在這兒最容易找到機會。

印象中那個推著蒸籠車的男生，不時就用著既像是嫌惡、又像是仇視的眼光朝我打量，讓我感到非常不自在。

等到下學期開學，就有小太保模樣的學生找上門了，「叫你們班的郭強生出來！」還好是早自習時間，我那天遲到，躲過了。

彷彿像是一個永遠沒法再回頭去解釋的誤會，與一個不知名的同齡少年間，就這樣留下了一道數十年後仍鮮明的裂隙。一個主動的善意招呼其實並沒有那麼難，只是當時的自己心頭一慌，那個時機點就錯過了……

在大時代的縫隙裡，總有像這樣一兩件小事，像青苔似地長在那裡，不知道為什麼就是忘不掉。

是失望，還是見怪不怪？面對環境中愈來愈多的對立與仇恨，為何再不會像少年時那樣耿耿於懷了？

．．．

如今，每當走進某間碩果僅存的港式茶樓，看到的客人多半是我這個年紀，或是全家三代出來用餐，那景象總會讓我的心情出現微幅的跌宕。多麼不同於一些標榜 Bistro 風格的西餐小館裡，滿目望去都是悠閒的年輕孩子啊！

儘管台灣經濟不斷繼續在衰退，但他們臉上的神采，卻是我年輕時從未擁有過的。真不知該為他們開心還是擔心。

有時，我會把媒體採訪約在茶樓。

這總讓前來赴約的年輕記者與編輯，在入座後臉上出現狐疑的表情，或是想忍住不笑出來：在這種地方做採訪還真是另類！

可是，為什麼一定要在光鮮時髦的咖啡廳，或是刻意古色古香的茶藝館裡呢？這裡讓我特別能夠放鬆，幾籠小點加一壺茶，大家慢慢聊。

偶然端起茶盞，一抬眼，似乎仍看得到四十年前的台灣，影影綽綽浮現。

身邊忙著作筆記的採訪者並不會留意到，我的心思其實已經飄進了他出生之前的那個年代……

那些推著點心車的孩子身影，在茶樓裡已不復見了。我卻開始惦記著，曾經欠他們一個關懷善意的微笑。

——歲月如歌

我還沒出生之前，那台老電唱機就已經在那裡了。

四根長腳，造型如同小辦公桌，有收音機與唱盤。在中視、華視都還沒有開播，下午沒有電視節目、晚間十二點就收播的年代，這台電唱機扮演了重要的娛樂工具角色。

（年輕一代有聽過真空管這玩意兒嗎？）

在電晶體發明之前，電唱機與電視機裡裝的都還是真空管，經常會爆掉，大家也都習以為常。

那台老電唱機是進口貨，有一般收音機沒有的一項功能，能夠收聽得到短波，也就是不知名的海外播音。當然其中也有對岸的電台。

在那個時代收聽短波是被禁止的，都傳說街衖間會有偵測車時時在監巡。但是我卻記得，父親常在深夜裡偷偷收聽著對岸的一個尋人節目，每次都有一位操著重重鄉音的老百姓，唸著一封家書，對在台灣的親友心戰喊話。

嘓嘓，你我分別已經二十多年囉……

原來是四川話在叫「哥哥」。小時候只覺得好好笑：這樣就能找到失散的家人喔？

・・・

現在都說黑膠唱片，但是小時候家裡的唱片可不是都一律單調的黑色。就彷彿音樂都是帶著色彩的，一張張膠碟，都像水果糖似的清透鮮豔。

印象中，一整套《梁山伯與祝英臺》黃梅調是青蘋果綠，《真善美》電影原聲是胡蘿蔔橘，還有一張蔓越莓紅，記得演唱者是一位在義大利走紅的女歌手叫張美倫。不明白為什麼後來都不再製作這種五顏六色的唱片了？

小時候總愛盯著旋轉播放中的唱片，想不通那聲音是從哪裡出來的？把唱針拆下，換上自己磨尖的鐵絲，竟然還是能夠播放，真是不可思議。

舊式唱盤除了三十三又三分之一轉，還可選擇四十五與七十二轉，有時胡亂調撥轉速，聽著變音後的聲頻忽高忽低，也成了自娛的項目。

我的科學實驗精神也就到此為止，完全不求甚解。

娛樂如此貧乏的當年，沒聽說誰真的無聊到想死，反倒現在電影電視電玩直播隨手可得，卻常聽見年輕人把無聊死了掛在嘴上。

・・・

家裡最多的是古典樂唱片，偶爾才會出現一兩張流行歌曲。例如，姚蘇蓉當年的《負心的人》，紅遍大街小巷，一路紅到香港。

應我的要求，父母送我的第一張唱片是翁倩玉的專輯，主打歌〈溫情滿人間〉是電影《真假千金》的主題曲：「嘿讓我輕輕地敲你心門，問這感情是真是假，不要聽那花腔怪調，只想知道溫情多少……」

說起來，這位旅日紅星算是我第一個喜歡過的偶像，尤其是她不標準的發音，還有她明眸皓齒的笑容。

翁倩玉當年真是紅，演電影又唱歌，還被邀來台灣演了一齣電視連續劇。不過她唱歌時可愛的口音，演電影時有配音補救，到了電視上就成了災難。

劇中的插曲〈祈禱〉，原是一首日本子守唄，也就是搖籃曲，由翁的父親翁炳榮先生填上了中文詞。直到現在，我仍經常在KTV點唱這首歌：

讓我們敲希望的鐘呀，多少祈禱在心中
讓大家看不到失敗，叫成功永遠在

讓地球忘記了轉動呀，四季少了夏秋冬
讓宇宙關不了天窗，叫太陽不西衝
……

第一次去東京時，被日本朋友拉去KTV，不諳日文的我本想點幾首鄧麗君，或是日本人都耳熟能詳的〈夜來香〉。但是當下心中揚起的卻是另一首旋律，翁倩玉得到日本唱片大賞的〈愛的迷惑〉。

不知道日文歌名是什麼，只好哼出它的調子。日本朋友很快就露出笑容，用不純正的英文回答我：「Oh yes yes! Judy Ongg!」

原來那首歌的原名叫做〈愛琴海吹來的風〉。

欣慰的是，年紀小我一截的日本男孩，竟然還知道翁倩玉是誰。

已成為知名版畫家的她，很多年都沒有新曲問世了，台灣年輕一代恐怕早就對她陌生。更不會知道，她的祖父翁俊明先生，是第一位加入孫中山同盟會的台灣人，爾後二戰間，因進行地下抗日活動疑遭暗殺。

如今每當再唱起那首〈祈禱〉，我總感覺，這確實是一首搖籃曲沒錯。而被我擁在懷中輕輕拍撫的，便是那個戰後餘悸猶存的年代。

翁炳榮先生的前半生也因戰亂而四處飄零，中年後寫下如此安詳溫暖的歌詞，應該就是在為故鄉土地上終於出現的和平與安康，祈禱它能夠長長久久吧……

・・・

老唱片放來放去就那幾張，從沒有零花錢的我，也不敢隨便開口要買新的。一直到上了國中，因為哥哥大學畢業，父母送他一套當年所謂的立體音響，老唱機終於退役了。我趁機也要求買了一張鳳飛飛的《我是一片雲》。

哥哥的唱片都是西洋流行音樂，有聽沒有懂。

很早就熟悉了老鷹合唱團 *Hotel California* 的旋律，卻要等到上大學後才搞清楚歌詞在講什麼。

高一那年的冬天，哥哥把他的西洋唱片全移交給了我。

那是「美匪建交」的次年，距離越南淪陷四年都還不到，台灣籠罩在與美斷交後的低氣壓中，人心惶惶，大街小巷最常聽到的歌曲是〈龍的傳人〉和〈誰都不能欺侮它〉。哥哥在這個時間點出國去念書，格外讓人有一種說不出的感傷，會不會從此海角天涯不得見？能走一個算一個？

與哥哥年紀相差一大截，加上他南部四年大學，外地當兵兩年，在家的時間不多，兄弟倆從沒機會好好相處過。但是臨行前的十二月底，他的好友要在家中舉行耶誕舞會，哥哥竟然對我說，一起去吧！

原本該是令人非常雀躍的，但因為一起參加這樣的舞會是第一次，或許也是最後一次了，兄弟倆都心知肚明。再加上國難當頭，家庭舞會在那時候是會進警察局的，必須偷偷摸摸格外謹慎，所以讓我此生的第一場舞會多了複雜滋味，說不出到底是喜是悲。

即便那天穿上了哥哥借我的騷包衣褲，但是一顆大平頭在他朋友們的眼中，仍跟國中小鬼沒兩樣，所以多半時間我只能靜坐在一旁觀察。

比吉斯（Bee Gees）的狄斯可舞曲正當紅，權充舞池的熄燈客廳裡，男生都蓄著長髮，低腰牛仔褲加尖頭靴，女生流行的則是銀色眼影和麵包鞋。然而大家看起來都很慵懶，彷彿青春是一件很累人的事。

或許，都對未來感到徬徨無奈吧？之後情勢會如何變化當時難以預料。斷交後美國副國務卿來台，一出機場便被上萬民眾蛋洗砸車的畫面，多少台灣人還會記得？但在四十年前的這個晚上，仍然是美國流行歌一曲接一曲地播放。記憶中，即將赴美的哥哥相較於平常，倒是顯得安靜許多。

一九七〇年代的台灣，美國夢仍是主流價值，我彷彿搭錯車的旅客，意外看見了一幅既是「隔江猶唱後庭花」、也是「古人征戰幾時回」的奇怪風景。

我特別注意到負責放音樂的那位大哥哥，拿著一只手電筒坐在角落裡，好像置身事外似地，守著唱盤與成堆的黑膠唱片。為什麼有人情願在舞會中這麼疏離呢？我在心裡自問，但懵懂中又好像可以理解……

另外就是，才剛因《拒絕聯考的小子》而走紅的彭雪芬，以及在電視劇中還是新人、但演技已頗受肯定的李烈，那晚都在舞會上出現。現在回想起來，要不是那個年代的大學生真的很值錢，就是當時的人心都還很純樸。

換做是今天，這些演藝圈的玉女，哪裡是一場家庭陽春舞會請得動的啊？

⋯

到了我上大學的時代，黑膠唱片還沒有被淘汰，包場自辦舞會仍風行，我常常自願在舞會裡擔任放唱片的ＤＪ工作。

黑膠唱片至今仍是專業ＤＪ的最愛，我非常能夠理解。唱針輕輕放下那一瞬，全場情緒都在你的掌控裡，像是眾人皆睡我獨醒。

大四那年，位於當時中泰賓館的 KISS 盛大開幕，成為台灣第一家合法的狄斯可舞廳，家庭舞會與地下舞廳的時代於焉結束。

台灣也在短短幾年內，從風雨飄搖一下躍升為亞洲四小龍之首。一到暑假，KISS 裡夜夜張揚爆滿的青春，就這樣揭開了接下來台灣的黃金十年⋯⋯

然而，心中還是有那樣一點點的嚮往，何時才會有屬於我的浪漫舞會？

湯姆·漢克斯主演的電影《費城》中，有一幕是他與伴侶在自家舉辦一場扮裝派對，當燈光暗下，抒情音樂聲起，兩人一式海軍雪白制服，相擁起舞。看在原本恐同的丹佐·華盛頓眼裡，那樣的真情無悔也讓他感動了。

多年後在電影院裡看到這一幕，我很怕自己的眼淚就這樣掉下來。

── 卡帶一九八〇

隨身聽，或walkman，是啊！我們那時候都這樣叫的。

那時才高一，只聽說過日本新力研發出這樣的新產品，卡式立體音響，在台灣都還沒有人見過。有一天，班上同學拿出了一個如字典大小的機器，接上耳機，天啊，真的是立體身歷聲耶！

黑膠唱片會快速被卡帶所取代，這種袖珍型音響的問世貢獻不小。

Sony 的隨身聽還沒有進口，水貨價格不菲，可是台灣也會做了呢！回家後將這神奇的產品同父母一再描述，沒想到，幾天後父母真的買了一個給我。

長到那年紀為止，「戴陽牌」隨身聽是父母送給我最貴重的禮物，大概是看我真的太喜歡聽音樂了。我當然就要帶著禮物去學校獻寶，下課時間拿出來聽首歌，真是快樂。

直到有一天，正版原裝的 Sony walkman 在班上出現了。

我才知道，它的大小只有「戴陽牌」的一半，重量則三分之一不到。我的隨身聽是個冒牌的笑話，放學時感到它在書包裡碰撞，根本是塊磚頭。

但是我一直沒有讓父母知道，正版的隨身聽長得什麼樣子。我依然在家每晚戴上耳機，捧著我磚頭般的隨身聽在客廳裡走動，讓父母看見我多麼喜歡我的新玩具。

只是，我再也沒有把我的冒牌隨身聽帶去學校了。

日後每想到這件事，我就會為自己當年的虛榮感到可恥。

四十年如一眨眼。

在整理老家的時候，從書櫃角落裡發現了塵封的舊玩具，邁入初老的我立刻感覺淚光朦朧了，多希望還能重回到過去，回到還可以收到父母送我玩具的年紀……

深吸了一口氣，最後該丟的還是得丟。知道回憶都在，就夠了。畢竟那只是一台報廢了的機器。

真正難以割捨的，是那一卷卷的卡帶。

・・・

對智慧財產權還沒有概念的時代，有一種代客錄音的服務，只要寫出歌單，他們就會幫顧客錄成一卷卡帶。

要湊齊一捲卡帶AB面十四首歌，聽來簡單，卻總要耗掉許多心神。大學時代我時常照顧他們的生意，沒有什麼經濟條件，精打細算總是要的。

太紅的歌成天都聽得到，就不必了。

西洋流行歌反正沒有代理，買盜版帶天經地義。最後入選的，幾乎就是那些我覺得好聽卻冷門的國語歌，因為冷門所以盜版都嫌多餘的那種。

不是說那些主打歌沒有佳作，而是主打歌的鋪天漫地，有時像植入式記憶。反而有一種旋律，是因為呼應了當時生活的調子而進入了腦海。如果沒有真正生活的底色，歌冷了之後，旋律也死了。

冷門而通俗，聽起來好像矛盾了，但的確就是這樣的弔詭，讓我到今天還繼續記得這些旋律。

白話的、讓人會心一笑或私密一璺的，偶然走在街頭讓你停下腳步的，不確定何時聽見，也不知哪年哪月它就從記憶裡跳了出來：「我在這裡！記得我嗎？」

國語唱片隨便賣賣就可破十萬張的一九八〇年代，每週都至少有一打新人出片，這些冷門歌能被我聽到真是緣分。

歌名叫什麼？是誰唱的？總要經過一番辛苦查證。隨便舉幾個名字：楊瑲、徐雯倩、張海漢、陳黎鐘，記得他們的請舉手？

他們都在我代客錄音的卡帶裡。

是我留住了他們的聲音？還是他們挽住了我的時間？

⋯

說實在的，用卡帶聽歌並不是那麼方便，為了找到一首歌在卡帶上的位置，總得要倒帶或前進按來按去好幾回。而且一開始卡帶的錄音技術還做不到多軌身歷聲，所以在大家開始使用隨身聽之前，曾經有另一種匣式的錄音帶，一度也頗為流行。

大小如一本平裝的英文小說，厚度大約一包香菸，一匣十六首歌，優點是每一首歌都設好了定點，找歌方便，而且領先卡式一步，已有立體音效。

在卡拉ＯＫ剛開始流行的時候，人工放歌都還是用這款匣式的。點歌客人站上小舞台，拿起麥克風，面對的歌詞全密密麻麻印在歌本上。

自己竟然經歷過那樣原始的卡拉ＯＫ時代，跟年輕孩子都不知道怎麼解釋。對他們來說，電腦或手機都不算高科技，不過是日常消耗品罷了。

他們如何能了解，今日的便利背後，都曾有過一段漫長的過程，人生沒有一步到位這回事。

在我們那個時代，科技發展還是牛步進行，就連卡拉伴唱機多了螢幕畫面也是一等十年。

・・・

手機的前身是黑金剛手提電話，再之前是BB Call呼叫器。

電話能有傳真功能在當時就足以讓人驚嘆莫名。

在卡帶尚未成為音樂商品、隨身聽還八字沒一撇的時代，聽音樂都只能是眾樂樂的事，一點私密性都沒有。

如果說，手機改變了現在的孩子，讓他們的種種生活習慣與父母輩產生鴻溝；或許在我們的青春期，讓我輩的性格養成出現改變的，就是卡帶與隨身聽。

在深夜裡戴上耳機，屋裡家人都已熟睡，但是想把音樂開到多大就可以開到多大，不怕吵到任何人，這是我對自己青春期最深刻的記憶之一。

用一首一首歌曲，在夜裡孵養著少年的心事。數不清多少夜裡，寂寞曾被放大到以為自己可以就這樣憑空消失。就算走在朗朗白日之下，依然可以把世界隔絕在耳機之外。無論走在哪條馬路上，都有背景音樂烘托著自己的心情。

卡帶一卷一卷地累積，每一盒都記下了不同的場景裡、不同的光影中，那無法言說的雷同苦悶。

我們曾經是可以把身歷聲音樂帶著走的第一代人。

沒有人擁有過一張空白無聲的黑膠片，但是一卷空白的卡帶，卻是我們共同經驗過的成長。

就像是一個值得信賴的密友，你可以把自己的故事託付給它。而青春的我們也如同一卷空白帶，敏感地接收著生活裡所有的情緒，也把那些讓人困惑、卻也教人著迷的悸動，藏於如縷的磁帶之中。

・・・

一九八〇末剛到美國念書的時候，常會收到好朋友從台灣寄來小小的包裹，裡面裝的是方方的一盒卡帶。

或是最新上市的專輯，或是他們自選的集錦歌，用當時有對錄功能的卡式音響，一曲一曲幫我蒐集起來。

收到這樣的禮物內心總是無比激動，可以感受到他們的關心與思念，不只是發生在提筆留言的當下，而是每聽到一首新歌，他們都會想起自己一次：「啊，這首歌也幫他錄起來吧！」

更早些年，越洋電話費仍奇貴，為了讓遠方親人能夠聽到家鄉親友的聲音，也都是用寄卡帶這一招。

六十分鐘的長度，挖空心思想把故鄉的生活真實傳達，有時還把電視節目、生日聚餐、自彈自唱都錄在裡面。

後來，看到那部叫《郵差》的電影，想學寫詩的鄉村郵差，背著笨重的錄音器材上山下海，為聶魯達錄下潮聲、風聲、酒館喧譁等等自然音，以解大詩人思鄉之情。人還在國外念書的我，不禁對此感到既會心又糾心，為之低迴不已。

手機傳送貼圖或語音留言，附上個網頁連結下載，問候某人只需三秒鐘幾個按鍵觸控就可完成，讓我們對距離這件事愈來愈無感。

曾經，我們把距離裝進卡帶裡。

空間的距離，時間的距離，都在那細細的磁帶上反覆流轉。

王家衛的電影《春光乍洩》中，即將前往好望角的張震，在與梁朝偉最後飲酒道別的尾聲，取出一只小錄音機，要梁說出內心的話，然後他就會幫梁朝偉把他說不出口的祕密，都留在天涯海角。

結果，終於來到了有世界盡頭之稱的那座燈塔，張震才發現錄音帶裡錄到的，只有一個像是在哭泣的聲音……

手機問世後才出生的世代，還會像我一樣，對梁朝偉手握錄音機不住啜泣的那一幕感同身受嗎？

——青春作伴西門町

因為夏至，好像午後時光變得格外漫長，光和影清楚踩在腳下，有一點點暈眩，一些些輕飄。明明是汗黏濕蒸的空氣，卻在周身化成了海洋。拍打起浪花，我要隨波游去，游回青春過往……

夏天的西門町，曾是充滿青春夢幻與感傷的一片海洋。

在華納威秀仍是一片荒煙蔓草，只有軍訓課野外打靶才會涉足的年代，在沒有統領商圈之前，我們只有西門町。

游進西門町，覺得自己立刻翻身成一尾色彩繽紛的熱帶魚。櫛比鱗次的喧鬧電影看板成了珊瑚礁，流行音樂從四面八方傳出，宛若悠悠繾綣的海草尾隨逐浪。我一路游，游到了東京，游到了巴黎，游到了曼哈頓，沒有再回頭。

不用回頭。

到現在想起西門町我仍會微暈，那麼純的荷爾蒙，那麼濃的青春耽溺。巴而可門口見。那時總習慣如此相約。

飛行船聽歌，算是上流消費。

Jun 讓我們改頭換面。代代木 Yoyogi，絕對的風花雪月……

青春雖已悄然畫下句點，但三十年前的西門町仍歷歷如昨。

巴而可

那個年代的我們，凡是第一次在公車上看到巴而可的車廂廣告者，無不眼睛一亮。

PARCO。也不說是賣什麼，也不知座落在何地，只有細膩噴槍法栩栩如生繪出的一幅女子，手握一把芹菜，身上汗水歷歷，張著白牙便生脆一咬，整個車廂的人彷彿都可聽見。

尤其是她的眼神，毫無傳統女子的含羞帶怯，濃妝的黑眼圈，露出又狠又酷的表情，你盯住她，她也盯住你。後來才懂那叫欲望。充滿了暗示性的海報，十幾歲的我們不能理解，只覺得內心一陣騷動。

原來那是間跟自己無關的女裝店，位於中華路與寶慶路街角。

彼時天橋還在，與店二樓相通。但是就因為這一張破格的海報，宣告了屬於西門町流行文化的新紀元，巴而可也成為我們那個世代的地標。

還沒有消費力的孩子，長大後聊起來卻幾乎都記得那海報上的女子。不需要真有其人，也不是哪個名模，虛擬的趣味我們那時已懂，那個巴而可女郎純粹只是一個符號，連接起一種青春儀式般的心情。

一間我從來沒走進去過的百貨服飾公司，奇妙地卻是我走進流行文化的第一扇門。大家總愛約在它門口見面，地點方便，聲音好聽：巴而可巴而可。

也許，青春的自己就是要為自己保留一個「門口」。

JUN

如果說巴而可是當年女性流行的品牌代表，那俊JUN就是少男服飾的第一場煙火。

彼時我們這些所謂少男者無所謂自己的流行，多穿爸爸的衣服或是外銷成衣店的簡單基本配備。但是，就在大一的那年夏天，武昌街上少男服飾如同一場悄悄進行的祕密派對，Surprise!

如夏之麗花開滿了整條街。

走的是日本風，澀柿子與少年隊當紅，我們的武昌街，那頭是電影院，這頭成了東京小原宿。

俊、大象、特艦隊……一家接一家開張，才剛脫下高中卡其制服的我們，一開始有些無措，只敢遠遠地觀望：

真的嗎？真的可以穿成那樣嗎？

青春來自對身體的自覺，原來二十歲以後的身體可以重新造型與配色。黃卡其與藍牛仔布的時光漸遠，換上蘋果綠襯衫加灰色條紋打摺褲，海盜式荷葉袖配黑色直筒靴，彷彿如此才可昭告天下，青春正好。

一套套開始試穿，掩不住的是未來前途逐步逼近的壓力。青春原來這麼短，幾個換季之後，不得不問自己究竟是誰。

那年春裝嫌早上市，冬意始終在台北街頭滯留。台灣新浪潮電影並不知自己已近尾聲，我依然捧場地看了文學作品改編的《最想念的季節》。走出中國戲院，一個人順道就繞進了武昌街。

當下愣住了。春季男裝的流行色系竟然是粉藍粉綠粉紫，嫩得不得了的顏色，朝陰冷的馬路探頭。那種無邪又放肆的姿態，讓我突然想問，青春之後，還有什麼？

永遠記得那年春天的武昌街，少男最後的一瞥。

飛行船

那時候沒有卡拉ＯＫ與ＫＴＶ，我們習慣坐在民歌西餐廳當耐心的聽眾。遇到不順眼的駐唱者，點歌單上給他寫〈王昭君〉或〈戲鳳〉，讓對方難堪。

民歌風潮漸熄，所謂民歌西餐廳裡唱的多半是流行情歌，於是開始轉戰有現場樂隊的西洋歌曲餐廳。

原新聲戲院的大樓裡，藏了一座飛行船。

震耳欲聾的電吉他與鍵盤樂，燃燒一場對異國情調的嚮往。原宿風都開始變得太本土了，年輕的夢無出口，只能在麥可．傑克遜或老鷹合唱團裡暫時棲居。

凱莉西餐

新聲戲院大樓裡的另一個小部落，擠滿了年輕人以有限的荷包享受著西餐的幻覺。

最後一次在此用餐的記憶有點難堪，自以為是與對方在約會，結果全程只能不斷在心裡喃喃著，人家沒有喜歡我，人家沒有喜歡我……

然後台北經濟一片大好，歐式自助餐崛起，那種因為放了刀叉就冒充西餐的炸豬排，也一如二十歲的純愛單戀，終得面對現實。

哥倫比亞唱片行

彼時電腦尚未問世，連金石堂這樣的連鎖書店也還未出現，無法提供表演節目的購票服務。

人工劃票的年代，台北人最熟悉的兩個購票處都在西門町，一是位於博愛路的功學社，一是位於中華商場的哥倫比亞唱片行。

高一時，金韻獎歌手風靡校園，終於要齊聚一堂舉行演唱會，地點在國父紀念館。那天我和同學小威放學後來到中華商場，非常興奮地買了兩張演唱會的票，一路上沒停地討論著可能會看到哪些歌手。

兩個土孩子，幾乎把生平第一次買票聽演唱會，當作是人生成年儀式的一種。雖然荷包只能負擔最便宜的票價，但走出唱片行的那一刻，世界突然就變大了，好像從此我們哪裡都能去。

火車隆隆從唱片行門口呼嘯而過，中華商場的每個店家與顧客都暫停交談，等待那震動與喧囂過去。

那樣的時代，總覺得灰煙與動盪一會兒總會過去，習慣了就好。

Yoyogi

夏天將結束的時候，我們在峨嵋街上那家叫「代代木」的咖啡廳為第一梯次入伍的朋友送行。

那一夜全是男生，高中同班同學還像大孩子一樣笑鬧著。每次同學會都在西門町，十幾二十人大年初一看電影，國賓戲院地下室「銀馬車」辦聚餐，一行人在西門町街頭總能浩浩蕩蕩晃個不休。

我們不懂品味，只要成群結夥就快樂。忘記那次為什麼會挑了 Yoyogi，因為它賣調酒嗎？

台灣八〇年代的經濟在 Yoyogi 完全展現，就是精緻二字。裝潢走極簡風，但是燈光迷離又浪漫，已不是我們以前熟悉的西門風味。

冰果店的日子哪兒去了？最後一次去萬年大樓小吃街是何時？我們不再希望出沒於有高中生的地方，覺得成年了，需要新的地盤，就像 Yoyogi 這種好像很有風格的祕境。

知道我要出第一本書了，他們比我還要激動，大男生們也能感性得一塌糊塗，「一定要堅持下去呀！」「把我們的故事記下來吧！」「我們的同學出書了，我們都長大了！」……

那一夜並不知道的是，下一次的同學會要等三十年，之後我們再不曾一同重回西門町。

移往東區，移往新生活，移往人生的下一站，西門町在我們的身後出現落寞的面貌。

只有每當夏日的午後，我閉上眼睛，想像自己又成了一尾斑斕的熱帶魚，青春的喧譁便如同漲潮的海水將我包圍。

我才明白，青春就像一場從未曾落幕的獨角戲，潮來浪去，總是留下我獨自在沙灘，繼續遙想著那片海。

——慈悲之淚

很早我就是鑰匙兒童。放學後自己開門進屋，打開電視與書包，讓電視的聲音陪伴我一個人坐在茶几旁寫作業。

三家電視台同時段都在播卡通，也沒有別的選擇。《小甜甜》感覺上沒完沒了，陶斯和安東尼我永遠搞不清誰是誰。《小蜜蜂》每集都是哭哭啼啼，而且那些昆蟲造型一點也不討喜。

男同學都在瘋《無敵鐵金剛》，我完全是為了第二天到學校能加入他們的話題而勉強轉台。

直到有一齣《萬里尋母》，讓我幾乎忘了自己看的是一部卡通。

小男孩馬可離開家鄉，獨自搭船來到布宜諾斯艾利斯，尋找他來此做幫傭卻失聯的母親。然後遇上了一個帶著一隻小白猴的街頭賣藝老人，一老一小便作伴展開了尋人旅程。

起初以為又是老套的苦兒流浪或孤兒飄零，但是，怎麼會有卡通裡出現這麼多無聲的空景啊？

一盞街燈，一條石子路，一個背影，都透露著哀戚。沒有傳奇冒險的際遇，過了一村又一鎮，碰到這麼多孤獨失意的人，馬可竟然還會說出：「人長大了之後，都是這麼寂寞嗎？」這樣的台詞。

整個卡通節奏是舒緩的，長大之後才知道這叫做「散文化」。

看到最後發現，馬可的母親早已病死異鄉了。第一次看卡通看到心頭抑鬱，看完只想獨自安靜一會兒。

‧‧‧

這樣的情緒直到三十歲時，觀賞高畑勳的《螢火蟲之墓》時又發生了一次。片尾時，兄妹的靈魂坐在火車車廂裡，駛過被美軍轟炸成一片火海的東京，又穿過重建後現代化的燈火璀璨，從妹妹空了的糖果鐵盒中突然又掉出幾顆水果糖，當下那幾顆糖果比起任何眼淚都還要動人珍貴。

日本吉卜力動畫兩大靈魂人物，高畑勳與宮崎駿，我始終比較偏愛高畑勳。已忘記《螢火蟲之墓》前後看了多少遍，也找來了短篇小說原著來讀，更確定是高畑勳的情懷，讓這部講二戰的卡通變得如此深刻。

許多年後，某天偶然在電視上看到《萬里尋母》的重播，等到結尾字幕出現，赫然「監督／高畑勳」的字樣出現，我驚訝得差點從椅子上跳起來。

（原來，你一直都在那裡，早在我不知道你的名和姓之前，你就在我生命裡埋下過一顆文學的種子……）

・・・

這幾年，日本電影掀起了一股二戰懷舊熱。

《東京小屋的回憶》從一位女僕眼光，回顧當年女主人的出軌戀情。南京被攻陷那日，東京的百貨公司都以折扣熱賣做為慶祝。晚年女僕寫下這段回憶，孫兒讀後大吃一驚：怎麼會這樣？這樣寫出來沒問題嗎？老嫗淡然回答，事實就是如此。

動畫片《謝謝你，在世界的角落找到我》著眼一對年輕夫妻在二戰時的恩愛，中日戰爭在遠方打得如火如荼，老百姓節衣縮食，愛家報國，貧窮中仍是小確幸滿滿。

直到天皇宣布戰敗那一刻，一位角色痛哭失聲：「忍受生活的困苦，不就是希望能打贏嗎？」

打贏了又如何呢？看到這裡，我心裡一陣糾痛。

自然就會拿這部與《螢火蟲之墓》來比較一下。表面上《螢》片中那對日本孤兒兄妹是美軍轟炸的受難者，但故事真正的悲劇，我以為，高畑勳是想表達人性如何被戰爭扭曲。懷舊氛圍的籠罩，並非為了美化日本發動戰爭的罪行，而是呈現了更深層的真相——

不管勝利或戰敗，任何戰爭中所犧牲的，永遠是自己國家裡最無辜的百姓。

能夠站在這樣的高度回顧，是需要一定勇氣的。可惜，後來由真人演出重拍的《螢火蟲之墓》，花了太多篇幅在為把小兄妹逼出家門的阿姨辯護：人家也是有自己的家人要養的好嗎？大難臨頭，隨人顧性命，有錯嗎？

差不多同期，同樣也是充滿濃濃懷舊風味的動畫，還有宮崎駿的《風起》，描寫一位年輕人對飛行戰機的著迷。

這些作品都模仿了高畑勳的懷舊感傷，卻故意轉移焦點，用力刻劃戰時百姓的善良與勤奮。在我看來，都是企圖在洗掉曾經戰敗的恥辱。

．．．

童年在北京長大的日本女作家佐野洋子，寫過不少回憶二戰的懷舊散文，其中有一篇極為簡潔又深刻地描寫了當時日本戰敗後的一幕。

日本小孩走在街上，看到窮苦的中國小孩挑著水，朝著他們齜牙一笑。佐野洋子當時的念頭只有：以後要換我們挑水了嗎？

我覺得，沒有比孩子的這種直覺念頭，更能傳達出當時日本人說不出口的羞恥感了。

真正活過二次大戰的那些日本作家，包括太宰治、川端康成、三島由紀夫……都在作品中表達出對於戰敗恥辱的反思。

川端自稱，戰後的他進行的是一種「餘生寫作」，以抵抗悲劇帶來的苟活之恥。在諾貝爾受獎時，他發表了著名的演說〈日本之美與我〉，既謙遜也勇敢，坦言要以他身上所傳承到的「美」，如行經死亡幽谷後的重新綻放，做為對這個世界的回報。

類同於請求世人寬宥的獲獎致詞，自然也招致了軍國派餘孽對他的批評，但他甘願為「日本價值」贖罪。雖然最後仍走上了自盡一途，但何嘗不是他自覺餘生使命已了的另一種謝罪？

太宰治與三島更是在青壯之年，面對日本戰後的社會崩壞，精神飽受折磨而提前離世，分別留下了「生而為人，我很抱歉」，以及攻占自衛隊基地後切腹的最後身影。

他們的激進決絕，更彰顯了川端獲獎時所承受的壓力之大，及那份恥辱之重。

．．．

《謝謝你，在世界的角落找到我》導演片淵須直，是一九六〇年出生的戰後嬰兒潮一代。不知是不是因為如此，他才能如此輕盈地在描寫戰爭時把懷舊當成一種情調？

就連宮崎駿也是戰爭尾聲才出生，比高畑勳小了六歲。

別小看這六歲之差，二戰結束時，他已經是十歲的孩子了，難怪他的《螢火蟲之墓》多了普世的人文精神，因為他記得戰爭真正的樣子。

二〇一八年四月，高畑勳辭世的消息傳來，讓我默然良久。會不會離開我們的，是日本最後一位真正理解戰爭的藝術家？

懷舊本應屬於真正活過那個時代的人，但為什麼有那麼多的後輩，卻也能打著懷舊之名，建立他們自以為的美學，或是史觀？

這讓我想起，香港人在一九八〇年代突然有一種「盤菜」（或稱盆菜）料理大行其道。原本只是廣東鄉村裡的一道平民式年菜，翻紅後成了加進鮑魚、龍蝦、魚翅的豪華酒宴必備，還貼上了「香港地方味」的標籤。

這種借殼上市的口味，究竟滿足了香港人的哪一種懷舊呢？還是為了與粵菜做出切割，所以刻意製造出來的一種虛擬回憶呢？

當今這種虛擬懷舊還真是處處可見。有時也會退一步想，唉，年輕人他們開心就好，但是卻又不免擔心。

那屬於我們的真懷舊，以後要被放在哪裡？

‧‧‧

高畑勳的最後遺作《輝耀姬物語》，取材自古典文學《竹取物語》，描述一位老人在竹林中挖筍，砍下竹莖後意外發現有一女嬰藏於其中。女嬰長大後，因為貌美引來各方貴族垂涎，甚至天皇也想強納她為妃，讓她一生命運坎坷，從錦衣玉食到流離失所，嘗盡人生炎涼百態。最後以天庭派出月王，浩浩蕩蕩迎她升天回宮收場。

（最後這一幕應是圓滿大結局的，為什麼你又再一次讓我掉淚了呢？……）

月王對輝耀姬道：「從此妳將忘記凡塵間的一切，隨我來吧！」

只見少女滿面微笑，養育她的老父老母她不記得了，她的摯愛與悲傷也不記得了，美好的未來就在眼前……

但是，在那近乎嬰兒般無邪的笑臉上，突然有兩道淚痕，不明所以地滑落。

笑得如此燦爛，卻讓人覺得無奈又蒼涼。

洗掉了所有不愉快的記憶過往，真的就是幸福人生了嗎？

如果懷舊可以成為預設好的程式，還有所謂生命的智慧可言嗎？

高畑勳在晚年留給我們的最後一部作品，在看似復古的水墨淡染筆法下，其實是他對人世發出的深深喟嘆。

猶如在一片暴戾黑霧蔓延的黑色草原中，一件可貴的失落之物，叫做**慈悲**，正發出了如螢火、如淚珠般的剔透閃耀。

不懂得懷舊真正意義的人，又怎能發現他的人生中，慈悲已經缺席了多久？

——荼蘼一九九〇

那時，才剛抵紐約一個月，連如何搭地鐵到林肯中心都還不會。剛得到威尼斯影展金獅獎的《悲情城市》來參加紐約影展，計程車一路塞到七十街，衝進戲院已經都暗燈了，看見朱天文站在入口朝我急揮手。應該是全紐約來自台灣與藝文相關的人都趕到了吧，整場座無虛席。

片名還沒打出來，我已經被序曲的氣勢嚇到了，不敢相信這是來自台灣的電影。一個多月前離開的時候，台北不還是三級片與港片的天下嗎？

台灣電影從沒有在國際影展拿過那麼大的獎，而且拍的是二二八，彷彿我前腳才離開，台灣就已經邁進了新紀元。一個剛來到紐約的留學生，拜朱天文一行人之賜，一腳踏進了紐約的大觀園，今天林懷民請客，明天劉大任設宴，我像個土包子一路跟著拜碼頭，覺得紐約快成了另一個台北。

一個月後柏林圍牆倒塌，一九九〇年近在咫尺，世界重新洗牌的氣氛瀰漫。《悲情城市》露完臉，大陸的《菊豆》緊跟在後，東方熱正蓄勢待發，整個九〇年代的紐約是亞洲電影的天下。陳凱歌蔡明亮李安陳英雄楊德昌王家衛……喜歡電影的老外學生如數家珍。

之後，一部又一部同志片在國際影展獲獎，一批又一批來自家鄉的同志後浪推前浪般來到紐約朝聖，或抱定如反共義士投奔自由般的夢想與決心來此尋偶。

學長帶學弟、老鳥領著菜鳥入門，一隻隻飢饞的菜鳥骨碌碌轉動著眼珠子，一眨眼人就不見蹤影。也許從此不會再相認，畢竟大家如飄萍偶遇，揮手自茲去。能尋得真愛、弄到綠卡、捱到下一個世紀同婚合法修成正果的，不過是弱水三千中的一瓢。

共同記憶則只剩《囍宴》在台北上片，紐約時間的夜裡來自台北的電話都讓人心驚，怕拿起話筒聽見父母的聲音，說他們今天去看了一部電影，想要跟兒子聊一聊……

．．．

拜九〇年代台灣經濟大好錢淹腳目之賜，在紐約的亞裔留學生有一半以上是同鄉，處處都聽到來自台灣的口音，那情景可能就像再十年後，走在上海常碰到住在台北卻多年不見的舊識。

一開始，中國大陸留學生不多，年紀也都明顯長一截，他們遭人側目的行徑總是被拿來當笑談。與中國留學生並無個人冤仇，只能說反共教育洗腦得太徹底，不會想到在老美眼裡我們都是黃皮膚。

白人室友告訴我，他朋友分配到與一個中國佬同住，快被搞瘋了。房間裡到處被那個老中裝上鎖，每天還有一堆他的同鄉在宿舍裡，聒噪著聽不懂的中國話。結果那位美國老兄偷偷在中國室友的洗髮精裡尿尿，室友和我聽到這賤招都哈哈大笑。

（那時不懂，這就叫做歧視，以為自己跟美國人同一國，做了歧視的幫凶，我真該慚愧。）

九〇年代後能拿到獎學金的台灣留學生愈來愈少，因為美國大學都認定台灣人有錢，苦了我們這種並沒有錢的窮學生。給指導教授送禮得歸功於台灣人開風氣之先，從名牌精品到一趟台灣旅遊吃住全包都有。後者還可以掛著學術交流的名義，正迎合了國內高舉的國際夢，只要是老外來就是國際化。

曾經有一個三流雜牌的紐約地下小劇團，到了台北竟登上國家劇院的舞台，我看了他們一路自拍的紀錄片，介紹的不是演出，而是他們怎樣矇混到這樣一趟吃吃喝喝而沾沾自喜。

・・・

九〇年代，企管與電腦是最熱門的研究所，亞洲留學生來美國念藝術文學的少之又少，但是在我就讀的戲劇所，韓國學生就有四五個。韓國人念藝術的還真多，而且是有計畫的，今年一批全是搞雕塑，明年就全部是劇場，就像紐約街頭一家家超商雜貨店，都快變成韓國人的天下。

一九九二年台韓斷交，韓國同學跑來跟我致歉，表示非常遺憾。

英文都不太好，他們唯一可請教的亞洲「學長」就只有我，因而對我非常友善，有時聚會也會邀上我。幾個男生私下跟我推薦他們某個韓國女同學很好用，大家都上過了，因為把我當自己人，好康逗相報。

她在床上很會叫，他們說。

那時總把這群韓國學生當笑話看，不知道以他們的程度什麼時候才能拿到學位。沒想到一九九八年亞洲金融風暴把韓國打趴了，幾年後就看到他們的電視劇《大長今》轟動全球。

二〇〇二年，他們的老牌導演林澤權以《醉畫仙》拿下坎城影展最佳導演。

我在國外看到這部台灣從來沒上映過的電影，這回輪到我有一種深深的挫折感，原來他們的文化底蘊一直都在。

我才知道，那些年他們國家一批批送出來的藝術相關科系學生，全部在回國後集結成一股新動力。影視流行文化如此，現代視覺藝術創作亦然。

唯一讓我慶幸的是，他們還是一個非常男尊女卑的父權社會。多年後在台北的某間同志酒吧裡驚逢當年的一位韓國同學，當年他總是獨來獨往，我跟他說其實我那時候就猜到了。二十年過去了，他的小孩都已經上大學了。沒辦法，他說，在韓國這還是一件沒法公開的事。

．．．

一九九六年我的舞台劇本《非關男女》在香港上演，由仿英國國家劇場制度政府資助的香港話劇團製作。這是他們第一次製作台灣劇作家的作品，總監楊世彭博士這樣告訴我，所以特別大規格以雙卡司，普通話與廣東話同時推出。

特別從紐約飛去香港，也算是九七前最後一次對這個島的巡禮。結果看到場場爆滿又加演。楊博士說小子你美哩，曹禺的戲都沒你觀眾多。還在拚博士論文最後階段，沒打工正愁沒錢，最後臨走時荷包裝進了六千美元票房版稅。

那時的我天真地以為劇作家的時代要來臨了，結果這齣戲除了一九九三年由我自己執導在台灣上演過，後來都只有香港的一些小劇團不時來信表示想重新推出。觀賞著他們事後寄給我的演出錄影光碟，有一種恍如隔世之感。

一九九六年香港風華的最後盛景……

一九九三年台北永遠消失了的奢麗光鮮……

十餘年間不斷長途飛行的序幕。總是紐約台北，台北紐約，認真算著里程累積的點數，卻沒注意一下子多少青春的點數已經兌盡。

出去那年二十五，再回來已是新的千禧。

二〇〇〇年，漂亮如彩鈴叮噹的一串，卻沒有應有的喜悅聲喧。二〇〇〇年，記憶裡是一個告別的年分。

告別九〇年代，告別紐約。
終於回到了故鄉，卻發現鄉愁才要開始。
記憶中那個台灣，開始漸行漸遠，竟成為說不出口的告別……

——重回母校

大學母校正在籌備九十週年校慶，邀我為紀念文集撰稿。九十週年？聽到這數字我愣了一下。

大三時，我不是還當選過四十週年校慶十大才藝學生？我畢業快五十年了？怎麼可能？

喔，原來用的是「創校」九十週年紀念這樣的說法，很巧妙呢！可見我的母校已經將校史完全修改了。

一九二八年台北帝國大學創立，這樣算起來才是九十週年，我現在和台北帝大的畢業生成了校友。

這新的校史是怎麼改的？神不知鬼不覺。因為是位於帝大的舊校址，母校就成了日治時代的延伸，那我們的總統還在當年台北總督府的舊建築內辦公呢！這種歷史推算法絕非只是喜歡把數字灌水而已。

罷了，如果不認為自己與台北帝大有任何瓜葛，這創校九十週年文集我也就沒有理由要共襄盛舉吧？我跟自己說。

沒想到一個月後便發生了全國譁然的「拔管」事件。

到了五月四日，聽說一場名為新五四運動的活動要在傅園展開。中午與友人正巧在附近聚會，結束後便順路回到久違了的母校，看看到底學弟妹們對這件事的反應如何。

場面幾乎可以用冷清二字，而且在學學生不多，反倒是像我這種一看就是畢業三、四十年的校友來了不少。

從傳鐘離開，繞去椰林大道，晃到體育場，一路上看到的學弟妹們仍是上下課的日常，好像並不了解校長無法上任這件事，將會是國際學術界的一個笑話。

．．．

想起兩年前的初夏，接到校友會的通知，大學畢業三十年重聚要舉行了。之前就看過學長姐們的重聚盛會上了新聞，在新建的體育館，席開一百多桌。已經成為社會賢達要人的，一群群在記者鎂光燈前合影受訪，占盡版面。不知道其他只是想來看看老同學的校友們，坐在背景裡如同活道具，心裡是什麼滋味。

輪到自己的重聚登場了，心裡還是高興的，卻因為當年沒有購買那訂價坑人的畢業紀念冊，如今不能複習名冊，怕已有太多的同學名字叫不出來，以致於一直惴惴不安。

我們那一屆，加上僑生與轉系生，就有一百二十多人呢！

最後來了三十多位，包了三桌，在文學院各系中不算難看。還真有一桌都湊不滿的，與他系共擠，情何以堪？

快要開席前，同學間開始交頭接耳：那個男的，真的是我們同學嗎？有誰記得他？

當然沒有人記得他。因為他是代表我們的同學、他的妻子出席的。我們的同學幾年前癌症過世了。

大型體育館內燈火通明，台上節目熱鬧連番，我偷偷注意著獨坐在那裡的同學老公，臉上雖掛著笑容，但仍有一種非常悲傷的神情。

師長們只來了一位當年教英文作文的外籍老師。因為是小班制上課，不是每個人都上過他的課，所以他的座位兩邊也一直是空的，沒有人去招呼。

記得那時他不過是三十出頭的年輕人，他這一生幾乎都在台灣度過了。如今孤單坐在那裡的那個老人，眼神始終直視前方，不為周遭的喧鬧所動，那畫面裡的寂寞，讓我不敢逼視。

幾乎沒有哪桌的人是好好坐著吃完這頓飯，大家都不停地在拍照與交換名片，或去各桌敬酒順便公關一下。

⋯⋯

當初籌備小組的人曾找我去開過一次會議，我劈頭就問，只能用辦桌這種形式嗎？這種亂糟糟的場面早在意料之中。

他們說，有成本考量，辦桌最經濟實惠，怕餐費貴了有人就不想報名。

那表演節目一定得是當年的土風舞社、國術社同學披褂上陣嗎？我又問。不能安排幾個藝術團體？

喔，對方瞪大了眼睛：他們可是這次籌備過程中最熱心的幹部，期待的就是能上台表演！

或許他們會覺得我的問題都莫名其妙吧？這樣熱鬧，這樣開放無拘束，不是很好？我的期望到底是什麼呢？

格調吧？

我以為，三十年後的重聚，總該會有一些感人的時刻，尤其，當年是這麼受到社會期待的第一學府……

格調怎麼會是重點？真的是我想太多了。

．．．

大半人生裡所有做過的努力與選擇，到了同學會上就如同最後的成品在此，全攤在大家的面前。套句葡萄牙文豪佩索亞在《不安之書》中的一句話：「我的過去，就是一切我未能成就的總和。」

好像放下了一點什麼，新發現了一點什麼，但更多的時候，是疑惑。

比起好奇對方如今狀況，其實我更想知道的是，這些年，各自都是守著什麼樣的價值觀才生存下來的呢？

五年級的我們，一離開校園，立刻面對的就是所有時代轉折的交叉點。

政治解嚴，媒體開放，股票上萬點，台灣錢淹腳目，兩岸開放，政黨開放，國會改選……招兵買馬的列車一班班從眼前轟轟急駛而過，正要前往那個我們都只是聽說、卻從未見過的新國度。

一腳踏進的不是職場，而更像是一個另類的台灣。

在岔路口分道揚鑣，我們都曾自以為翻了身。

因為未來路上還有更多需要我們費心經營的人際關係，必然曾在某個階段，面對這場天翻地覆，我們決定不再回顧，人生只能往前看。

因為走出校門後所經歷的時代變化太過劇烈荒謬，為了生存，不斷重新自我改造後，已不知如何與昨日對話。

更不用說，幾年後上演的教改推動，本土意識抬頭，網路興起，政治惡鬥，徹底掏空了我們前半生對自我價值的認定。

於是，快速翻轉的三十年間，幾乎沒有時間好好思考過愛拚才會贏的利弊。

總是行色匆忙，來不及體悟什麼是**傳承**，看不見此去路上會有多少的謊言與失落。

也從來沒有停下來想過，該如何與每一個階段，好好**告別**。

⋯

英國小說家朱利安．拔恩斯在他的小說《回憶的餘燼》中有這麼一段話。

「當我們以為自己變得成熟，其實我們只是變得安全。當我們以為自己在恪盡職責，其實我們只是懦弱地生活。我們到頭來會發現，所謂的『合乎實際』，只是一種逃避問題而非面對問題的方式。」

對於長期在「合乎實際」中打轉的我們來說，同學會能夠成功舉辦，似乎又是人生的一次勝利，或是當成給自己的一個獎賞。辛苦大半輩子，天涯此時誰與共？來到同學會中放鬆一下心情，沒有比重溫往昔更好的解憂。

讓我們來懷舊吧，但顯然不再為了承認與清點生命中失了哪些，反更像是在抵抗與否認物換星移，短暫沉浸於時光倒流的幻覺。

在相忘於江湖的數十年後，若不僅僅是與懷舊流行共舞一場，會不會有些更深刻的觸動，在觥籌交錯之餘，仍是欲說還休？

不管是往事如煙的真尷尬，或是各說各話的假熱絡，事實上對彼此都開不了口的一句話恐怕是：

難道不覺得，這一切，都崩壞得太迅速了？

站在不同的立足點才會發現，時光匆匆不能做為任何託辭，亦無法合理化那些在過往曾被我們輕易放棄的真相與覺醒。

它們其實都在流域沿途繼續擱淺著，淤塞著。

難道不需去面對，屬於我們這代的歷史會被如何書寫？所謂的價值，它曾以何種面貌存在過？後來究竟又是怎麼失去的？

從不敢真正去捍衛過什麼的歉疚，會不會有朝一日，變成是我們這一代人共同的懷舊主題？……

・・・

沒多久後拔管事件又扯出了新任教育部長的一堆爭議。朋友見到面一定帶著幾分揶揄問我，你們以前那個校長是怎麼回事？

從大學畢業的母校，到目前任教的大學，都成了風暴的焦點。我只能聳聳肩回答：台灣的大學一直就是這樣，派系鬥爭不斷，你們現在知道了吧？

讀大學時就幻滅過一次了，課堂上聽見這個教授公然罵另一個教授，老師帶頭策動學生反對新院長上任，從上個世紀八〇年代就是這樣了，不是新鮮事。

明朝文人張岱，在他那本《夜航船》的序言中說了一個小故事。當年我第一次讀到不禁拍案，短短幾百字，恐怕比整本《儒林外史》更來得一針見血。

話說，某日渡江的船上，有一位書生不斷高談闊論，一副很有學問的樣子，船上的其他乘客無不心存佩服。但有位和尚聽著總覺得哪裡不對，但是書生氣焰很高，眾人都對他禮讓三分，所以他也乖乖地憋在心裡，不敢造次。連睡覺的時候都畏避著蜷腿而眠，怕侵犯了書生的地盤。

但是他愈想愈不甘，終於鼓起勇氣向書生討教：「請問閣下，澹臺滅明是一個人還是兩個人？」書生回答：「自然是兩個人。」僧人再問：「那敢問堯舜是一人還是兩人？」書生回答：「一個人。」

當下僧人樂了，連著兩題都答錯，這書生根本是個假貨。但是這故事最諷刺的高潮點不在書生被人揭穿真面目，而是接下來喜不自勝的和尚，立刻換了個姿勢：「哈，這樣說來，且待老衲先伸伸腿吧！」

和尚的格調也不過爾爾啊，原來他所在乎的並不是學問的真假，而是自己坐的「位子」舒不舒服。

再怎麼想要施展，這群人爭的也不過是一艘小船上伸伸腿的空間罷了，張岱簡直看透了大多數讀書人的淺薄，不過就是這麼點志向而已。

格調底線早已失守的年代，更多的恐怕是，讀了張岱的故事仍沒被戳到心痛的人。

PART
III

我的鄉愁我的夢

—— 那年夏天

那年夏天，我們總喜歡這樣回溯。

或許只是潛意識為歸檔記憶而挑選的標籤。或許那是我們在面對流離恍惚的生命時，僅有的對焦方式。

那年夏天，這樣一個背景，一種抽象的顏色，早已無關時間順序。但是這樣的開頭總可以讓故事更順利地說下去。

生命難免瑣碎零星，我們僅能做的就是模仿釀酒人，一路上撿拾起落地的無名果，按嗅味分類，將它們放進瓶中，並猜測發酵後會有怎樣的酸甜濃淡。

對鏡凝視在春天。

離別與放手放進秋天。

感官與體溫留給冬天。

那屬於夏天的呢？

．．．

接近中午時分，日光成了一鍋熱湯，街道樓房都淋得油亮。

公車的膠皮座椅黏燙，我微微移動一下屁股，短褲下的兩條腿搆不著地，只能隨著公車晃呀晃，不懂得為什麼剛剛車掌小姐堅持我要買票上車。

母親總愛帶著我這個時候出門，目的地是同樣的西門町。

那時的母親比我現在還年輕，我們都有貌容不顯歲月的基因。出門前我才對母親驚呼：妳今天好像唐寶雲喲！

那年夏天，母親首度辭了工作賦閒在家。我們倆把上映的電影全都看遍。

西門町四處聳立的電影大看板上，巨幅巧笑與萬丈天眼俯覷著紅塵眾生。《風從哪裡來》，唐寶雲、柯俊雄、歐威主演，萬沙浪灌唱的主題曲唱遍大街小巷，真個望風披靡。《白屋之戀》，甄珍、鄧光榮主演。甄珍被丈夫禁足綁在家中，他說他愛她，不能容忍跟別的男人共有她，然後把一杯牛奶灌進甄珍嘴裡。讓我的心砰砰狂跳的一幕，不知哪裡來的肉體興奮，把自己都嚇到。

《十四女英豪》，巨碑大字石破天驚，天搖地動。程剛導演，凌波、何莉莉、李菁、金霏、盧燕……邵氏女星一網打盡，戲院門前人山人海。

好看好看，我最喜歡疊羅漢搭人橋那一段了！我嘰嘰喳喳牽著母親的手，走在散場的人群裡。那些女人都武功高強好勇敢！

看完了電影並不急著回家。

穿梭在百貨公司的樓層，我看著她試穿衣物，幾乎目眩於自己母親的時髦美麗，同時我學習了如何為自己挑選衣服。

在第一百貨，我拿起一件成人式樣的黃色針織衫。母親問我會不會太大？我很固執地搖搖頭。她則挑選了一套黃藍格子泡泡紗兩件式洋裝。

我感覺與母親如此接近，卻又說不出來是什麼讓她顯得遙遠。

⋯

走過生生皮鞋，南洋百貨公司，拐進衡陽路。母親在一家門口堆了打折貨的服飾店前停下，制約反應似地隨手在衣車中翻了翻，興趣不大地撿起一件，問售貨員多少錢。放下，又走向下一家。

被母親牽起了手，我又回頭去看了那個售貨員小姐一眼。

對方正把方才母親詢價的那件衣裳拿在手上，用力摔下的同時，還往我們的方向啐了一句：不買就滾蛋！

我狠狠盯著她，她竟在得意母親並無察覺，開始發出笑聲。

我全身發燙，想到應該把她捆綁起來，像電影裡那樣，這個該受點教訓的蠢母豬！「媽！」我生氣得連聲音都發起顫：「剛才那個小姐說——說——」

看到我一臉又是驚惶又是委屈，母親牽起我的手，又轉身走回那家店門口。妳剛才說什麼？她不慌不忙走向笑容戛然而止的那位店員：小孩子都聽到了。叫你們老闆出來！

最後店員在老闆的命令下道了歉。從頭到尾母親一直緊握著我的手，一種和她結盟抗惡的感動，我一直忘不了。

⋯

在學校裡，每到中午時間，那些主婦媽媽們早早就拎著飯菜等在走廊上。你媽媽都沒幫你送過午飯喔，其他小朋友會這樣問。

而我總是正色地告訴他們：「我媽媽是職業婦女。」小朋友們的媽媽幾乎都是在家裡的，我對自己的答案漸漸也不耐煩。

當母親辭去工作，我起初是竊喜。但看見她和其他媽媽們同樣出現在學校，卻又感覺有種突兀。

台大商學系畢業，一直在大企業裡擔任巨額的保險業務，她有一種屬於都會的幹練與大方。長大些才知道，她辭去工作是為了抗議，因為不滿企業文化裡性別歧視造成的升遷不公。

母親的心情，我當時不能明瞭。

只知道那年夏天，母親前所未有地與我朝夕相處。在她的職場與家管之間，在我有一個現代的母親與有一個傳統的母親之間，我們小心地重新調整，如何未來相依作伴。

我們繼續上路。

黃昏落日仍炙，金紅的夕照填補了所有無聲的空白，我一逕乖馴地牽著母親的手走在夏日的西門町。

那是我這一生最清晰的，與母親牽手的記憶。

・・・

什麼時候就放開了手？什麼時候改成了微微伸手扶著她的肘？直到最後一次緊握住她的手，她已經昏迷不醒。

高中的時候，有一天母親的朋友張阿姨出現在家中。她是某大產物保險公司總經理，已經六十開外，卻仍是個漂亮女人。

穿著素雅但上等質料的旗袍，肩上搭著柔白的兔毛短毛衣，帶著一點上海腔的國語，捧著茶盅，優雅地與母親輕聲交談。當準備離去時，她撥了通電話，不久，一台黑頭轎車開到了我們家樓下。

張阿姨的一切都是靠她自己的，母親悠悠地說。

父親在歐洲念書時，母親在台灣一邊上大學、一邊工作撫養哥哥。在工作上認識了張阿姨，那是民國四十年代，兩個自食其力的職業婦女結成好友。

我一直忘不了兩個自信的女人對坐談心的那個畫面。

在母親癌症過世的前一年，她用Ｖ8錄影機拍下所有老照片，配上自己的旁白，敘述了自己年輕的故事，有驕傲，有失落，更多的是犧牲。

回到那年夏天，離開原本服務的大企業，和我在西門町漫遊的那個夏天。她當時最想做的事情是出國念書。為什麼不呢？那年她才三十九歲……

在不同的時代，那竟是已婚女性最大的奢想。

心中盤了又盤，反覆掙扎後，她還是決定放棄。老二太小，老大明年考大學，眼看就有新的開銷，還是將錢留給家用吧。

她在錄影帶旁白中這樣輕描淡寫地交代了。

我才明白了那年夏天，每日午後那一趟趟反覆是為了什麼。她獨立好強的個性，欲有一片事業的理想，在那年夏天全拱手讓給了家庭。

一個夢就這樣讓它結束了。我曾經目睹那段焦慮與無奈的過程，卻在四十年後才懂得背後的悲傷。

・・・

夏日裡有時大雨滂沱。

傍晚交通顛峰，雨勢讓街道更加壅塞。路上行人都在趕路，我撐著傘站在街口，突然不知道自己要往哪兒去。

慢慢地我的視線才又聚了焦，自己原來站在徐州路口。

剛回國的夏天，陪母親去市長官邸改建的藝文沙龍喝茶。台大法商學院，她的母校就在不遠，我們在週日的黃昏步進無人的校區。我看見母親陷入回憶，迷濛地，不太確定是悲是喜。

我們在古舊校舍的矮小石階上坐下。

有時候到了中午，我會在這裡等爸爸下課，她說。我陪他一起散步回杭州南路。

我的外公，當時也是台大教授。杭州南路的教授宿舍，因為有了後母，早已不是母親的家，為此，她十九歲就早早結婚。你外公走路一向很快的，有一天我忽然發現他速度慢了，我那一天才知道，爸爸老了，她說。

大學畢業典禮那天，我套了學士服很快回這裡走一圈，然後就趕回公司上班，所以連照片都沒拍。她笑了笑，不再多說。

．．．

那時已經是九月了，台北仍毫無秋意。在盛夏的尾聲，我和父母出席一位長輩的九十壽筵。子孫滿堂好福氣，親朋好友賀詞連連。現場還請來了樂團伴奏，配合美酒佳餚，歡迎來賓上台演唱助興。

去啊去啊，唱幾首老歌來聽聽！母親說。

她那天非常開心，所有年輕的奮鬥、中年的徬徨都可以放下了，我也回台灣來教書了，有什麼理由不開心呢？

我知道母親愛聽歌的，在我還沒有意識到兒子總在陪母親逛街看電影，外人會怎麼看的年紀，母子倆經常上歌廳。麗聲、日新、中信一家家歌廳關閉之後，西餐廳附帶演唱秀一度也是我們常去的。聽歌的時候她總是好心情，不論大牌小牌，她都不吝鼓掌。

然後卡拉ＯＫ、ＫＴＶ出現了，進了大學的我有了自己的世界，我和朋友出去唱歌看電影，慢慢地母親淡出了我的生活。

小時候家中買了第一台錄音機，在週六的午後，母親和我常常一起唱歌錄音做耍。長大後我甚至沒有陪她上過一次ＫＴＶ。

我給了樂團團長曲名，和一下 key，然後拿起麥克風，唱起了那首經典老歌〈雪山盟〉。

那時候不知道，那會是我多年來第一次、竟也是最後一次為母親唱歌。

偶爾從歌本中抬起眼，就看見母親在笑，像個小朋友似的，筷子上還挾著菜，卻聽歌出了神。夏日正午的陽光充滿了整間壽堂，母親的笑出奇燦爛。

一個月後，噩耗忽至，她開始進出醫院做放射與化療。

秋冬過去，母親終沒能看見次年的夏天。

——他方

親愛的R，知道和我分手後你一切都好，是為你高興的。

還聽你說，你們去了威尼斯和倫敦。當年的你跟我，誰也沒有提議過想不想去歐洲走走。

你現在很好，我知道。有一份好工作，有另一個愛你的人，偶爾去度個假，這才是絕大多數在美國的人嚮往的日子。

你不懂，你一直想要了解我，但是隔著語言與文化的障礙，即便我總用流利的英語和你的朋友談笑，但是你一直知道我有一個部分，你是進不來的。

我安靜抽著菸的時候，你看到我深鎖著眉頭，只能自動避開。

我沒有騙你，我從沒說過我會在美國待下來，但我知道，你以為我一定會的，因為美國人都認為這是最好的國家，每個人最後都會留下來。更何況我有你，至少我也會為你而留。

可是當我最猶豫不決的時候，是你說，回去吧，你在美國不快樂。

那一天我才相信你是世界上最了解我的人，因為所有台灣去的朋友都說不該回去。我敬重的老教授用上海腔國語跟我說，你一個外省人現在回去怎麼好呢？陳水扁做總統了……

親愛的R，三年的相處，你還是搞不太清楚為什麼台灣人不是中國人。你看我用中文寫作，總興奮地說大陸有十三億人呢，會有多少讀者哇！終於，你的世界不必再摻混這些你永遠弄不清的事情。

可是，當你告訴我遇見了現在的情人時，我突然感覺如此孤單。最懂我的人，原來，也是最遙遠的人……

．．．

掛電話前，我淡淡問了句，我們這邊總統大選剛結束，你有看新聞嗎？

「喔對不起，我沒注意這條新聞。」

是啊我想，我已經不在你的世界裡了，這則新聞對你有什麼意義呢？對地球上大多數的人來說算什麼呢？

只有我還在幻想，可不可能CNN快閃過這條新聞的時候，你不經意瞥見，當下心痛了一下，這個叫台灣的地方，住著一個你曾經愛過的人？……

那是誰當選了？你還是盡義務般接問了一句。

台獨輸了，我說。這是後來我發現你最能理解的分類法了。

但我還想告訴你一件事，到底又煞住口。

已經是二〇〇八了。與你分手七年後的那個大選之夜裡，我只有一種簡單的想法。不想討論，不必舉杯，我只想抱住一個人，對他說一堆他不必懂的話。就像當年的你那樣，愣愣的聽著。

但是，如今的我們都看清了，那樣的相伴再不會有了，我們終不過是彼此生命中遲早要放下的遺憾。

⋯

初識我時，你總愛興味地看著我這個提著公事包上下課的年輕教授，我曾經也以為，我可以就這樣跟你過下去了，上班下班，上課下課。但是我永遠沒法跟你解釋得清，我為什麼放不下我的父母。

小孩子長大就要獨立呀你說。

不不，我可以獨立，但是想到我的父母十四五歲就流亡，永遠離開了自己的父與母，在一個新的地方摸索著養兒育女，我不希望我又踏上這條路。

本省大家庭出來的，美國或許是種脫離三姑六婆的解放，過美國生活是他們的浪漫冒險，是一種炫耀。他們不知道，有些地方走了就回不去。

我的父母離開故鄉後就回不去了。但是我還有一個地方可以回去，我總這樣相信。

親愛的R，回來的這些年，我割捨所有歡愉的奢侈，在母親靈前告訴自己，回來是對的；在學生完成一部部畢業作品時告訴自己，回來是對的；在自己的舞台劇落幕時告訴自己，回來是對的。著作一本本出版，論文一篇篇發表，回來是對的。

但是，這座島上正在發生的事卻全部不對。

不回來我不快樂，你說；回來了，我在乎的已經不是快不快樂這個問題。我只想做對的事。

因為，如果回來是對的話。

不能對你承認，回來後的日子就是寂寞二字。怕你誤會，不是因為你已有情人而我還單身。

我發覺自己總在做著最吃力不討好的事，這種寂寞你或許永不能懂。

以前你每次看我在思考，都愛一旁吃吃偷笑，對我說怎麼總在擔心？到底在煩什麼？九一一後，我半帶挖苦地說：我以前在煩什麼，你現在懂了吧？

你苦笑一下，反問煩有什麼用？你救得了這個世界嗎？

我如果認同你這句話，我們大概不也會走到最後分手這一步吧？

・・・

那一年，你剛經過母喪，而我也才從前情人自殺的創傷中慢慢走出，帶著一種相濡以沫，我們都需要靜靜的相伴。

我為了我的父母回到了台灣，卻沒想到一年後母親就過世了。你專程來台灣看我，我們都抱著復合的可能，你幾乎都打算或許可以搬來台灣。但是，喜歡上海、香港、東京的你，到了台北只是默不作聲。這些城市不是都長得滿像嗎？可是我低估了一個外來者的眼光，對這個地方所能感受的程度比我想像中敏銳。這不是個快樂的城市，你說。

然後你就走了。親愛的R，一切就過去了。我成了另外一個人。我如此自然就變成了一個力拚亂世的孤家寡人。

我沒有了以前的隨興，但是多了耐性。我學會了不羨慕、不猜想總在面前洋洋自得的那些人，究竟又分到了什麼好處，用對的方法掙到的東西才是誰也拿不走的。不需要小圈圈與利益輸送，不需要忙探風向或政治正確。

拜國家敗壞之賜，我成了一個只能對自己喃喃自語的人。不可以、不可以同流，這不是我回來的原因。不交際不拍馬屁，不奉旨應和，不便宜行事，最後還能剩下多少空間？

只不過忘了該去愛。

經過了這麼多年，我才終於明白，「愛一個人」與「愛上一個人」，不是同一件事。

愛一個人是不受時空限制的，然而愛上一個人卻是由太多現實的條件所構成。也許我們從來都不願承認，但事實的確是如此。

英文裡不就有 I love you 與 I'm in love with you 兩種不同的說法嗎？我們可以對父母說 I love you，對朋友說 I love you，對子女說 I love you，但是 I'm in love with you 只能留給情人。

有 in 就會有 out，愛情是一個過隧道的遊戲。沒有在隧道裡迷途，而終能走到另一頭的人才會知道，愛過，遠比愛上一個人更可貴。

親愛的R，終於我像從一個魔咒中醒來，但是我的城堡已沒有人在了。

…

喔事實上大選開票那晚到處都是人，童話故事中小矮人小動物白馬王子白雪公主轉圈唱跳快樂了一整夜。

在夜店裡跌跌撞撞，碰到熟人說了什麼話沒了印象，只記得一直有人在說要低調、要低調……興奮嗎？悲傷嗎？我不確知。你能想像，像我這樣一個人也會走上街頭嗎？聽著深丘萬壑人潮在總統府前呼喊要真相要真相要真相，一個人站在廣場上的我哭了起來，我的故鄉怎麼成了這個樣子？……那一年，在冷雨颼颼的凌晨廣場上，我始終是一個人……或許，我已經忘了可以快樂的權利。放掉吧！為什麼我始終不肯放掉一種別人稱之為固執、對我而言不過是忠於自己的感覺？……

但，這些都無關了，親愛的R，這只是一個叫台灣的島上發生的事，而隨著我走出你的生活，這個島也將在你心中慢慢失去輪廓。

但是為什麼我一直還在閱讀有關九一一所有最新的資料？我們走過貼滿尋人影印小海報布告欄的那個下午，九一一的恐懼仍在風中，我當時不知我們真的已經走到了最後，還想著下次回來看你。

我們的故事你用九一一做結，而我一直等到二〇〇八年三月的這個晚上，才決定放下我們的遺憾。

才知道我在自己的地方，而你，在他方。

——如夢

親愛的R，我要來看你了。

七年前的九一一後我們分手，經過了兩年的斷無音訊，第三年試探性的電子郵件問候，接下來偶爾的電話與季節性的節日祝福，這樣漫長的準備，證明了情人轉為朋友其實不易。

不要只是見面沒有惡言。不要成了泛泛的點頭應酬。我恨聽見人們習慣性說：當朋友就好。真是渾話一句。記得我們交往時進行火速，要成為朋友再面對相見卻一等七年。真想告訴對我說當朋友就好的傢伙，你跟我上上床就好，我對朋友的要求標準遠遠高過情人你懂嗎你懂嗎——

你或許聽出來了，我正虛弱地跟一場莫名其妙的失戀作戰。

七年來我只跨出過這一次，下場竟是開始懷疑自己精神是否不正常。

親愛的R，九一一讓我們分手，金融大海嘯卻促成了這次的相見，好好笑。你在電話那頭故作輕鬆地說，我被裁員了，要不要來加州？我有空可以陪你喔！

也就是說，終於要跟你的伴侶見面了，卻是在我被另一個人如此殘忍對待之後？

反正已經沒什麼自尊了，在這個島上能聽我錄音般反覆敘訴情傷的人都已被我用盡，他們看見我都只剩一副驚駭的表情，彷彿都暗中祈禱我千萬別在他們面前發瘋割腕才好。

沒有人要聽了。親愛的R，你願意聽嗎？你的伴侶也可以一起加入啊我不介意，聽說他是心理諮商師對吧？

‧‧‧

寒流中的台北，一個瞌睡後就成了豔陽高照的洛杉磯。

那是你嗎？站在出關處的那個人影？

我們還在一起時，儘管我一趟趟紐約台北來去，你從未接機或送行。曾有十幾年我都是這樣一個人飛來飛去。有人接機反讓我覺得更悲傷，獨行至少還可以假裝冷漠。

你接過行李等我點菸。七年前培養出的默契，不抽菸的你，卻總知道我何時需要一根菸。你從未要求過我戒菸，你從未要求過我做任何改變。而那個人卻在我做盡一切為了討好而違背自己的改變後，只淡淡說了一句：我懷疑你要的比我想像中的多——

台北還好嗎？你父親還好嗎？你跟那個人還好嗎？

我搖搖頭。接下來在你面前，仍然可以做自己嗎？我不確定。

住進了離你家走路十分鐘的汽車旅館，沒有車的我，接下來的一週只能任憑你安排。

T五點半下班，晚餐到了來接你，你先休息一下。T說帶你去吃我們最喜歡的那家越南菜，OK嗎？

從窗口看著你銀灰色的休旅車駛出停車場，下飛機才一個小時，我已點燃了第四根菸。我幻想著也許，我將在這個和紐約迴然不同的城市留下，開一家小畫廊或是藝品店。回台灣這些年自律認真打造的單身生活，已如此輕易地被一個人推倒踩毀。

我回不去了。要重新從沙礫中堆出知足的單身城堡，太累了。

・・・

T看起來還算穩重成熟，似乎是個可以相守的伴。你也看起來很好，雖然裁員失業讓你仍有一點不安。

當初為了我從加州搬到紐約，努力的你很快從一個珠寶鑑定老師，幾年內爬升到知名百貨公司的北美區總經理。我曾半開玩笑地說，跟我在一起事業運變好好喔，你說謝謝有我的照顧，讓你在新地發展順遂。

當時不知你其實並不習慣紐約的生活。與我分手後，你毅然搬回加州，與十年前即已相識的T，這回擦出了火花。

這是你一開始告訴我的情節。

直到三人初次相會的這個晚上，餐桌上聊起，T透露了意外的線索。你們開始約會時，他說你必須紐約洛杉磯兩頭跑。所以呢？你是為了他才離開紐約的？所以，我與他之間是有過重疊的？——

我啞然了。

餐後你送我回旅館，五分鐘後T的電話就來了。我鄙薄一句，幹嘛？難道還怕我跟你獨處，就會怎麼樣嗎？

看見你眼裡護短的神情，我閉上了口。

你還不認識他，他是個很好的人。你說。嗯……我得走了，他還在等我買牛奶回去呢。

夜裡的停車場一片死寂，我看著你的休旅車再度離去。

我真的學不會，親愛的R，有些人就是懂得用買牛奶這種小事，把心機掩飾得如此自然。

・・・

加州地大人閒，一頓早餐吃上兩個鐘頭並不奇怪。即便有這樣豔陽高照的天氣，對我鬱霉的心情並無幫助，忍不住又把那人的無情詳述了一遍。

你說，我是一個感情上不會聽勸的人。我沉默了一會兒，終於，埋在我心裡七年的一句話脫口而出：如果當初我沒回台灣，我們是不是還會在一起？

會的，你很確定地回答。我們的相處並沒有問題。

我再問：那你現在比較快樂了嗎？

不能這樣比較，T跟你是很不一樣的人，你說。

親愛的R，我想我知道你的答案了。

第三杯咖啡被斟滿，我不禁揣想，究竟在怎樣的狀況下重逢，對你來說比較沒有壓力？

是我仍然孤單晃蕩、感情無著落呢？還是像這樣為另一個人坎坷自虐？

恐怕，早已沒什麼不同。

我不過是一個客人，一個所謂的，朋友。

⋯

親愛的R，我並不後悔千里迢迢來這一趟。

儘管沒兩天你就開始重感冒，原先為我安排的白天行程只好作罷。你把我載運到荒涼公路邊的一座購物商場放下，我便可以在那裡面遛達一整個下午，等黃昏你精神較好時再把我領回。

早已感覺硬生生杵在你與T尋常規律的家庭生活裡的尷尬，只能這樣自我放逐在如美國公路電影裡的場景。

起初還有那麼一點興奮，但是第二天我就已經把商場電影院裡的電影都看完了，洛杉磯郊區的苦悶、緩慢與平淡開始讓我恐慌。

一開始想多留幾天的新鮮感消逝後，我第一次意識到，竟然這才是你喜愛的生活？

只是，現在的我，又能到哪裡去呢？

太陽一落便四野茫茫的停車場空地上，我等候半天不見你的車影，撥電話給你才聽說，T對於你生著病還不好好在家躺著很有意見，不讓你開車出門來接我，說他會下班後「順道」過來把我載回。

這一等又是一個多小時，但我不能對T流露出絲毫慍意。

⋮

沒地方可去了。你這裡終非療傷地。

你曾建議T給我一些心理諮商的協助，他卻始終置身事外，是因為他仍對我有戒心嗎？

到頭來我得反覆訴說情慟，只為了讓T安心，我目前對另一人的無法自拔絕對堅定。多麼奇怪的弔詭！我甚至開始慶幸自己的情傷，如此才能洗刷我在他眼中的嫌疑。

就這樣，荒謬地，我愈陷愈深，那個不會再回頭的戀人，給了我一個並不存在、卻可暫時安身的歸宿。

你跟我坦承，十年前你尚未遇到我之前，對T是頗有好感的，豈料當時他對你興趣缺缺。顯然在紐約的我把你改造了，你變得較時尚，工作閱歷也讓你更自信。

但是在我眼中的你從未改變，初見面時我便已完全看到你的善良與真誠，為什麼他看不見呢？

你難道都沒有懷疑過，他並不真的懂得欣賞你？欣賞那個土土的、愛大笑做鬼臉的你？他是不是該感謝我？

這些也許你都知道，那彼此就心照不宣吧！

畢竟你需要一個伴，而我，原來是可以一個人活下去的。

也只能一個人活下去了。任何存著曖昧與妥協的感情，我難以接受。

・・・

你開始去上一門如何架設網路購物平台的課。金融海嘯的衝擊沒讓你怨天尤人，立刻拚勁再起。我認識的你，就是有這樣不認輸的個性。

你有課的週一晚上，我與T必須單獨相處。至今都還沒機會告訴你，我和T那晚發生的事。

好吧，我承認，他是個溫和有禮的人，卻也因如此，跟他總有一道隔閡。避免無話可說的尷尬，我提議去逛百貨公司，然後我在男裝部忙著試穿，他算是很有耐心地坐在一旁玩他的臉書。擔心冷落了他，每換一套我仍然走到他面前，等他的意見。他或者比個手勢，或者聳聳肩，算是互動。老實說，還有點像一對老夫老妻呢！

反正不是真的要買什麼，時間殺過去就好。快到你下課的時候，我們坐進了車裡，仍沒有可開啟的話題。

熟練地倒車，繞過噴水池，上了公路，他突然開口說，他覺得能和你在一起，他很幸運。

我以為他別有所指，只有小心地應對：是啊是啊你們很幸福。要碰到那個對的人，真的很難，他又說。每個人都一樣。每個人都吃足了苦頭。

公路上交通流量仍大，每輛車卻都能在高速中保持著一定車距。為什麼在生活中人與人不能有一樣的默契呢？我坐在一旁胡思亂想。

我第一個情人年紀比我大一截，我當時年輕不懂事，不知道他的疑心病跟占有欲已經到了不正常的地步，我還以為那是他關心我在乎我……

看起來總是矜持沉默的他，為什麼要跟我說這些？我當時只默默聽著，有點意外他竟不介意我這個外人知道他的過去。

用現在的標準來說，應該算是家暴了。我很慘，比你現在還慘，因為連可以說的人都沒有……

我開始想像他鼻青臉腫的樣子。

還有一個——算了這個不用說了，神經病一個，跟自己家人關係一團糟。後來又碰到一個人，銀行經理，應該很不錯吧？我對這個人付出的最多也最深。但是他比前幾個人更糟，後來才發現他會嗑藥。他還搞走了我一筆錢，我跟他打了一年的官司，覺得自己簡直要崩潰——

真沒想到你也會遇到這些爛人，我說。

我只是想讓你知道，感情的路本來就很辛苦。我珍惜我現在有的幸運，你也不要放棄，好嗎？有一天，那個人會出現的……

在伴侶的前任情人面前揭開自己不堪的情創舊疤，不是一件容易的事吧？

我這才恍然明白他的用意。

在觀察了我這一陣之後，在發現對我說任何道理都是無效之後，他放下了心理諮商的專業，用他的方式，一種對待朋友，而非病人的方式，告訴我，原來他也曾經，我們都曾經……跌得那麼重……

在只有車燈閃爍的加州暗闃公路上，我發現自己的眼眶濕了。

停好車，我倆接下來甚至沒有任何眼神的接觸，只不過安靜地坐著，等候你的出現。你上車時，是否曾察覺車內異樣的氣氛呢？

．．．

該走了。

對每個孤單的旅人而言，真愛都在我們還沒到過的遠方，不是嗎？

仍在搞反恐飛安橘色警戒的機場一片混亂，我們拖著行李排完一行又排下一行。黑女人把我的行李翻得亂七八糟，我眼看著鎖被損壞的箱子送上了鋁帶，還被喝斥不准過來！你不准過來！我差一點就要被當成恐怖分子被航警制伏撲倒，連你也不住喃喃咒罵。所有班機不分時間先後都只有一行入關口，登機時間已到的旅客大喊來不及了，工作人員無動於衷。然後你看到一對年輕日本夫妻，顯然搞不清狀況，拖著行李排在我們已經安檢完畢的這行，你要我過去告訴他們排錯隊了。為什麼你不去？我問。因為他們一看就是不會英文，看到我過去他們會更緊張啊！你說。

跟逃難撤退無異的末日場面，有你讓我心安。我說，現在飛美國就是這麼討厭，以後不來了。

我從未在機場與人激動擁別，但話一出口，我情不自禁轉身抱住你，彷彿七年之後，我們終於才面對了遲來的分手。

如果我沒回台灣，我們還是會在一起，對不對？我在你耳邊又問了一次。登機廣播已經開始，我卻無法瀟灑揮手。你說自己不年輕了，安定是你現在最渴望的。

希望你明白，跟你在一起是我人生很重要的一段。你說。只不過，你的心總是那麼年輕，你一直充滿熱情，而我，我感覺老了，跟不上你了。像你現在還能對一個人這樣的付出，我已經做不到了——

我制止你繼續說下去。

一定要幫我跟T再說一次謝謝。你會記得嗎？

海嘯過後，時間似乎過得特別快。親愛的R，我終究沒能挽回那個人的感情。而與你之間的電子郵件往返，不知在多久以前，也已悄然告停。七年多的牽牽掛掛，結束得恰是時候。

只是，有時仍想告訴你一聲，我的遠方，我並沒有放棄。

只是，有時我仍會想到加州的陽光。

我懷疑我的遠方，是否已經堆積了太多過期的幸福。

前往上海出席一個文化交流論壇，一上台我就不打自招：「這是我第一次來到上海！」說完立刻感覺台下有一股隱隱的訝異騷動。

從沒來過上海，這沒什麼好拿來誇口的，無疑馬上就像被貼上了一個土包子的標籤。

說也奇怪，大陸也跑過不少地方了，連西藏都去過了，就是跟上海的緣分一直未到。

— 國境之西

會後也有人不停來求證：真的是你第一次來？怎麼可能？

簡單的說法就是時間總湊不上，而且家有老父要照顧，這趟還是我四年多來第一次出遠門。

或許，在潛意識裡，還另有一些無法明確描述的因素。

（是因為那個無法實現的約定嗎？）

「等我病好了，我想去上海看看。」母親在化療中說過的這句話，一直像是我心中的一塊暗痂。以致於我無法接受，自己一個人，踏上原本屬於我跟母親的這趟旅程。那個城市彷彿是我前世記憶裡的一個古蹟，早已隨著母親的離開而不存了。

（是因為上海在某種文學意義上，總會讓我聯想到紐約嗎？）

二十多歲時一腳踏進了紐約這個萬花筒般的世界之都，十年的羈旅讓我看盡了這個城市的春夏秋冬。

每個城市都有最適合停留的年齡，紐約是屬於年輕人的。

造訪與停留，停留與久駐，久駐與離去，認識的都不會是同樣的城市。年過四十之後，對於那個城市中永不落幕也不虞匱乏的酒精與夢想，漸漸就轉成冷眼旁觀。那是一個靠著吸取年輕的無窮精力做為發電機的城市。

（上海是適合年過半百的我造訪的嗎？百年金粉，我只需取一瓢飲，淺嘗即可？）

也許，該是替母親去走一趟上海的時候了，在飛機降落時，不免喃喃在心中唸道。

為什麼不敢面對，一座城市或是一瞬人生，都有真相大白的時刻？

…

同一場出席文化論壇的講者中，來自河南的旅美行動藝術家張洹，一上台便語出驚人：「上海文化是女人的文化，妓女的文化。」

這聽在一直關在飯店會議廳裡、還沒機會出去看看今日上海的我耳朵裡，宛如一陣雷鳴。

（用西方的眼光看上海，恐怕早就根深柢固在每個外地人心裡了吧？）

但是用妓女一詞形容上海顯然太偏激了，或許以京派陽剛、海派陰柔來粗分，還勉強說得過去。

但是不可諱言，上海是個一直活在西方眼皮子底下的樣板，代表了上個世紀初的紙醉金迷、龍蛇雜處。

如同一只神祕的寶匣，裝滿了想像的珍奇，彷彿沒有什麼事是不可能在此發生的。沒有去過的人，也一定早在電影或小說裡讀過，那些愈荒誕反而愈真實的人物情節，大抵都是自己的投射。

從這個脈絡來看，中國妓女也只是某種象徵意義的符號了，煙視媚行，來者不拒。這個符號是不是無意間就透露了，長期在海外的藝術家在面對中國崛起後，一種矛盾的懷舊情結呢？

來自台灣的我，在西方想像與華人傳統之間，究竟期待的又是哪種上海？

・・・

請飯店幫我叫了車，終於要去一訪真正的上海了。

司機是位小姐，人極為客氣有禮，把我在新天地放下，找錢時快速塞給我一張名片：先生回旅館時還要用車嗎？機靈得讓人有點心疼。

老街翻新的商區裡擠滿了西方遊客，穿梭在櫛比鱗次的咖啡店或西式餐廳間，除了購物城，還是購物城。

北京有紫禁城，杭州有西湖，合肥的徽式建築極美，成都亦有蜀地文風，這些都是讓我印象深刻的大陸城市。

但對於上海的第一印象，不出我意料，就是另一個被困在國際化迷思中的新興商業城市。

因為中間空白了太久，如今只能奮力急起直追，該有的不該有的都要搬回家，卻又有一種囤貨過盛的感覺。像是走在一間新開幕的百貨公司，但是動線通道上總有進貨堆放在那兒來不及處理，專櫃門市最後仍不脫賣場擺攤的習性。

突然無預警的一場大雨，下得所有人措手不及。繁華的名店街上，連個能避雨或購買雨具的超商都找不到，眼看一團團的遊客全都成了落湯雞。

在咖啡廳裡躲雨閒來無事的我，開始研究四周人的長相，很快地便辨識出正宗上海人的相貌特徵。

多半是圓臉，細細眉眼，白團團的，脖子略短，身材都不高。我想起高中同學裡有一位，父母都是道地上海人，如今我在他的祖籍老家，放眼望去幾乎都是他家的親戚，忍不住自己噗哧笑了起來。

水有源，血亦有緣，除非是真與西方混了種，否則不論吃什麼米，講哪國話，這個基因還是除不掉。西方人看東方人覺得長相都雷同，只有自己人互看才看得出其中微妙。

還沒真正看到上海，我先看到了道地的上海人。

．．．

雨一停，開始沿著徐家匯路亂走，除了高樓旅館百貨公司，一路上沒有什麼值得看的。

鑽進小街裡，老上海就出現了。亂亂舊舊的小鋪子還有小樓房，彷彿它們就是為了我們這種外地遊客的好奇而存在的。

不免心中一陣感慨：這個城市再怎麼繁榮進步，大家想看的還是它的老街梧桐，否則好像就很空虛，這究竟是一種什麼心態？

一幢非常殖民風的洋樓吸引了我的視線。鐵柵門外那塊銅匾上刻著：「法租界警務處暨中央捕房舊址」。滿清割地賠款的歷史課上演了，租借地裡的西方白人就是這樣睨藐中國人。

但讓我更好奇的是建築物的本身，露台梁柱加上一扇扇白色百葉窗，根據我看電影得來的知識，這根本是當年在越南常見的法式風格。

不管是在濕熱長夏的印度洋半島，還是在夏熱冬雪的長江三角洲，法國人都一再複製著同一種東方情調。

就像是四處為家的戲班子，到了哪兒就在哪兒搭建起同樣的戲台布景。

⋯

從南京西路的捷運一出站，就看到浪湧般的人潮一波波往同一個方向滾動，不用說，一定全是要前往外灘的。

上海外灘與紐約華爾街異曲同工，在商埠港口周邊建立一個金融中心，大抵在上個世紀初稍具規模的城市都有此特色。局仄的街道上擠進了一座座高樓，整座城市就由此發跡。如今對岸的浦東早已後來居上，宛如科幻電影中的一座座摩天巨塔聚立，乍看更像是整排築起了一道高聳的堤防。

（是想擋住什麼樣的浪襲呢？過往的反撲，還是未來的不確定？）

而外灘如今已成了懷舊的主題樂園。

先來到不知為何會被捧成了文化地標的和平飯店。站在對街觀察著這棟建築物，一方面紐約的記憶被喚醒，另一方面卻清楚看見這種仿作的粗糙，缺少了屬於爵士年代建築風格的許多細節。

從外觀上來看，它雖與紐約的華爾道夫（Waldorf Astoria）、聖瑞吉斯（St. Regis）風格相仿，但是規模較小，也遠不及廣場大飯店（Plaza Hotel）的氣派。就如同外面馬路上那一棟棟曾是銀行商行的辦公樓，都難以讓人留下深刻印象。

等到走進大廳，看到陳列的許多電影劇照，我突然恍然大悟。

（誰知道老上海究竟該是什麼樣？我們不都是先從電影中看到「上海」的嗎？）

之前看電影《阮玲玉》時，我心中還曾暗笑，這些布景搭得也太假了吧？

到此刻才發現，當初電影竟然是在這裡實景拍攝的。真的飯店與假的布景為何看起來如此雷同？

上海名流曾在此演了一齣戲，演給外國人看。一個世紀之後，這齣戲還在上演，這回是演給自己中國人看。

在當年也不過就是為洋人方便，就地蓋起的一座西式商旅，堪用就好，約莫相當於紐約當年普通旅館的等級。

因為這裡只是租界，連殖民地都不是。

⋯

還是得繼續販賣懷舊的上海，讓我想起了《綠野仙蹤》童話故事裡的翡翠城。城裡處處寶綠燦爛，是因為每個人都必得先帶起一副綠色眼鏡。人們漸漸無法定義真實，因為連歷史都成為了可供消費使用的符號。

「真實不僅是可被一再複製的，而且早就已經只是複製品了。」

當後現代大師布西亞寫下這句話時，我猜他肯定沒把中國這個古老國家放在心上。

如果他曾在年少時來過上海，會不會驚訝地發現，這座城市裡的人，比他早一百年已經就懂得了他所謂的擬像？

布西亞這一輩的歐洲左派學者，到了一九八〇年代眼看著蘇聯、東德……一個個解體後，投向了自由貿易市場的懷抱，加上世紀末美國大量生產輸出媒體影像文化大軍壓境，他應該是帶著幾許自傷在回應一個逝去的年代吧？

「看啊，美國再強盛，也不過是一個『沒有歷史的未來原始社會』，移植了歐洲文化，卻否認自己的歷史母體，充斥著自我催眠，只會無意義複製生產符號罷了！」

（雖是牢騷，但適用的又何止於美國呢？）

歷史從不會按照預期的方式往前走。

如今「後現代」也只是供人懷舊或憑弔的名詞了，他死後這十年間，中國已經成為一個可與美國抗衡的世界新強權。布西亞若地下有知，又會作何感想呢？

⋯

不過幾天的工夫，台北與上海之間的隔閡，以超乎我預期的速度在消失中。

這兩個地方都有一個特質，就是期待不斷地被注視。

但是上海一直是被全世界在圍觀著，索性也就活在這樣的現實裡。這是一個從開埠通商第一天起，就已經在消費懷舊的城市。古老的滬杭風貌影影綽綽，成了「華麗而蒼涼」的身段，但骨子裡卻是最務實的小資文化。

但是台北卻依然在渴望著，那似乎曾經已到了門前，但如今一去不返的西方目光。

租界也好，殖民地也好，都是複製擬像。

不論法國人德國人英國人美國人，在上海像堆積木似地搬來了祖國的複製品，那些洋人的遺跡，從一開始就是疊影幻象，散了戲熄了燈，上海人隨時可以回去弄堂裡，繼續日常的柴米油鹽。

如果說上海像是念過幾天貴族小學，那台北或許就是戲班子裡長大的，還在等著被名角兒賞識收為門下，不想想自己現在都好大歲數了。

台北的形貌始終離殖民時代相去不遠，一開始是因為等著要反攻大陸，湊和著先用。近二十年卻又忙著保存，彷彿為的是，怕回來的人找不著路。

真要說，日本人在台灣留下的建築，可比起洋人在上海搭起的這些道具要考究多了。光看看台北的總統府與中山堂，台灣銀行總行與台北會館，還是有太多讓人讚嘆的工法，難怪許多台灣人到現在仍相信，日本人對他們是真心的。

一個富國強兵之夢，到底還是夢，最後乾脆成了軍國主義的噩夢。日本人只有在夢裡來過，生靈出竅般。回不去的，最後只得找尋當地的肉身，附體寄宿。

一個在鴉片戰爭前不過是個小漁港，一個在甲午戰爭前各國海盜更迭進駐，兩個城市的現代化啟動，前後相距不過五十年，難怪有一種說不出的相似。這兩個城市同樣地都被幽靈纏身，不同的是，台灣人都把假戲真做了。

上海人不是假戲真做，他們拿手的，反而是真戲假做。

・・・

站在門口上方立著「常德公寓」四個牌坊大字的這棟六層樓房前，我不禁有種啞然失笑的感覺。故意選在離開上海前的最後幾小時來此一晃，不是沒有原因。對參觀作家故居向來沒興趣，因為未經過死者同意，就這樣公開作家生活，我並不十分認同。反倒是聽說這地方不對外開放，才決定繞過來瞻仰一下。

張愛玲與她姑姑同居過的那間公寓就在眼前了。門口一塊牌匾，說明了建築完成於一九三六年，另外大門玻璃上貼著一張A４紙，上面是手寫的幾個字：「私人住宅，謝絕參觀」，沒有任何提到張愛玲的部分。

但是我知道沒有找錯地方。因為同時出現在門口的，還有另一位煞有介事架起了照相機的年輕人，對於我也在此徘徊，他顯得有點尷尬，或是不耐煩。我的直覺，一定也是台灣來的。

張愛玲上海時期的作品我早就是滾瓜爛熟了，但是《傳奇》集子裡較鍾愛的幾篇，反倒都是以香港為背景的，如〈第一爐香〉、〈傾城之戀〉和〈茉莉香片〉。

她筆下的摩登上海，除了〈桂花蒸阿小悲秋〉外，都讓我覺得輕飄飄的，像是從西洋翻譯小說中學來的，加了柔焦鏡片的文藝片手法。

雖然只能看到她在上海居所的外觀，我卻彷彿有點明白了，為何對她筆下的香港反而更令我印象深刻。

即使從今天的眼光來看，這都是一座蓋得極有品味的華廈，想當年更是風華出眾，引人駐足。當紅的女作家，好像就該住進這樣一個雲端閣樓。

在成為女作家前的張愛玲，前往香港讀書時，不過是個靠獎學金過活的局外人，中間還經歷了日軍占領，頗吃了些苦頭。自認是天才的她，冷冷注視著香港，也注視著自己。

到了美國之後，張愛玲再寫不出跟上海有關的佳作，許多批評家都歸咎於異國生活的不順。

但是終於來到了上海的我，開始不得不懷疑，她或許就如同才子木心所寫：「就是這個張愛玲真會穿了前清的緞襖，三滾七鑲盤花紐襻，大袖翩翩地走在華燈初上的霞飛路上，買東西，吃點心，見者無不譁然，可樂壞了小報記者」，也是一個真戲假做的信徒。

沒有了圍觀譁然的觀眾，她的上海也索然無味了──再也回不去了。

離開中國後，她這一生果真未再踏進上海一步。

幾個小時後，我則又回到了台北。

雖只是小別，卻感覺這個城市說不出是哪裡，跟記憶中又不一樣了。

——報告學長

傍晚店裡空蕩蕩，只剩幾個開著筆電的年輕人，面對著螢幕，不知是在推敲著什麼惱人的謎題。稍早還有下午茶的婆媽，理專或是仲介模樣的西裝男與客戶，剛放學的國中男女生，滿室的喧譁，不知何時突然全部消失了。

眼角視線偶然掃過鄰桌，看見年過八旬的一位老人獨坐，正靜靜地攪拌著杯中飲料。

自從照顧失智父親以來，對於周遭孤老身影，猶如被裝上偵測器般，十分敏感。我不禁多打量了幾眼，想確定老伯沒有流露出恍惚或痴騃的神情。

相反的，眼前的老人雖然佝僂矮小，卻把自己收拾得體體面面。腳上一雙看來有助步行的氣墊運動鞋，頭上一頂棒球帽，自顧享受著黃昏時刻咖啡店裡的靜謐，安詳地注視著窗外下班的人潮。

（或許這是他每日的作息功課？獨自散步來此，點一杯飲料，為的是沾一沾人氣？）

沒有外籍看護隨伴在側，連根枴杖都沒帶。想必是個獨居老人，因為沒有家人禁止他這樣令人擔心的四處趴趴走。

或許是一種輕鬆自在，也或許是對時光的逆來順受，老伯身上散發出一種拘謹自律的氣質。在我這個中年人的眼中，他不可能做到更好了。

如此悠然，又如此孤單。

・・・

從洗手間出來回座的路上，與老伯的眼神短暫交接，我順勢朝他禮貌點個頭，表示他並未妨礙到我的閱讀，讓他安心繼續坐。

挑到我身邊的座位，而不是與那些筆電文青們為鄰，我心想，恐怕也是經過一番斟酌後的決定。我這個仍習慣紙本的讀者，應該會讓他感覺友善吧？

這才看清了棒球帽的正面，帽舌上方釘著一個圓牌紀念別針，上頭的圖文沒法一下子辨識，除了「空軍幼校第四期」這幾個字。

（啊，難怪！空軍健兒的儀容還留著幾分殘影，曾經也是壯志凌雲的飛鷹呢！）

看得出那小圓牌對他深具意義，猶如此生唯一的名分，應該是近期某次同學會的紀念品，被高高地鑲在額頂。

當年幼校招收的都是十三、四歲的小童，連青年都還稱不上。是什麼原因讓他在那個兵荒馬亂的時代參了軍？

當年投考了空軍幼校的他，大概從沒想過，自己的晚年會在這座名為台灣的島上度過吧？

．．．

從大陸撤退來台，憑著守分、效忠、愛家、愛國這些如今恐被譏為迂腐的簡單信念，支撐著他重新落地生根。到了晚年仍督促著他，依舊要強打起精神，不能讓空軍魂的這塊招牌蒙塵。

在改朝換代後的社會氛圍之下，這些碩果僅存的外省老兵，不時成為選舉惡鬥時的政治提款機。

（空軍幼校第四期？那是民國初年不成？）

拿出手機快速鍵入「空軍幼校」搜尋。新聞資料顯示，二〇一七年他們才剛舉辦過一場大型的同學會。前行政院長唐飛是第五期，還得要跟身邊的這位老伯敬禮，喊一聲「學長好！」

讀到這裡，原本為他感到悽然的心情略升了溫。那塊材質看來廉價的紀念章，下一秒也在我心頭熠熠生輝了。

一個不亢不卑的老人，彷彿只要記得自己是「空軍幼校第四期」，這一生就是圓滿。

老伯直到最後，仍緊握住不放手的，是**尊嚴**。

⋯

麥克阿瑟名言，「老兵不死，只是凋零」，所指的未必是沙場上的戰士，更是世代更迭過程中，所有那些挺得住、拿得起，也放得下的身影。

曾經，台灣在各行各業中都出現過這樣的老兵。

不管是推動了整個台灣經濟成長的趙耀東與李國鼎，奠定了台灣人文學術基石的傅斯年與錢穆，甚至像是致力於文學革命的作家學者，林海音、蘇雪林、王禎和、葉石濤、龍瑛宗……

他們何曾跟國家討過什麼資源？何曾要這個社會對他們有任何回饋？更多的是那些我們根本叫不出名字的「老兵」，從沒有奢望過榮華，認命地上工，數十年如一日。總是想到有人需要他們的時候，他們就應該在那裡。更不用說，半個世紀前曾經投身國家建設，在開公路造大橋時出生入死，甚至犧牲了生命的那群老榮民們，至今誰還會記得對他們心存感謝？

有時我還會在巷弄角落裡，看見搭著小遮雨棚為人修皮鞋的老師傅，或是仍踩著縫紉機在修改衣服的老裁縫師，他們的敬業在可預見的未來，勢必都將成為絕響。

一雙鞋換底換跟不捨得丟，一條長褲又是補釘又是放長，湊合著又是一年，這些都不會出現在年輕世代的生活裡了。

但是五年級的我們怎可能忘記？

在慶功式的懷舊熱潮中，有誰會記得感謝那些老工匠，在那個拮据勤儉的年代，他們曾帶給我們的便利與安心？

⋮

這些年常刻意去問年輕人一個問題：你父母的出生年月日你知不知道？做父母的聽到可別難過，幾乎有一半的人答不出來。或是答得七零八落，只知道生日，卻不知道父母到底今年幾歲。

所以更別期望他們會知道，父母為了養家，究竟在職場上打拚了多少年？父母退休時的服務年資是多久？

不如我自己先認罪。拜年改處分書之賜，我才終於知道答案。

我的父親從高中教員幹起，到後來大學教授退休，足足工作了四十年！四十年……

連我這一輩的人都很難想像的一個數字，下一代就更不用提了。

當我看到那份年改處分書時，心中滿是不捨。只能慶幸，好在他現在已經失智，否則，那會是如何沉痛？是在處罰他活得太久嗎？

．．．

做為典型公教人員家庭裡長大的孩子，我從小就知道父親的一份薪水不夠養家，所以母親為了家計，也曾在職場打拚近三十年。

但是，從小我也從他們的身教中學會了不投機，不浪費，不放棄，這樣的自愛與自重觀念，一直影響著我的處世與待人。

父子同為公教人員在教育界服務，看到父親先行者的身影如今蒼老佝僂，那是整整四十年在崗位上的付出所寫下的一個「忠」字，老實說，我已不知那是何物……

原來父親也是老兵的一員，是我的前輩，從前竟然都沒有這樣想過，更不曾覺得身為公教子弟，有什麼好驕傲的。

憑什麼你們公教人員有退休金，我就沒有？一位女作家幾乎氣急敗壞地對我拉高了聲調。不止是她抱著幸災樂禍的心態，一定要找我談年金改革的人這幾個月一下子多了起來。到後來我都懶得再多解釋。

我這輩的退休金被砍不足惜，我其實真正在意的是，砍下的錢是不是真正會用在下一代身上？……還有像咖啡店裡遇到的空軍爺爺，他們早年薪水都只有一兩千元，幹到五十歲退役，退休金本就少得可憐，以後的日子會不會更難過了？

反正到時候全部都破產，你我都領不到啦！我最後只能這樣脫身。

不久前在廣播節目中訪問了前行政院長劉兆玄先生，他現在多了一個小說家身分，筆名上官鼎。我之前從沒見過劉院長，說起來他也算是我師大附中的學長。不知他從何得知，我的父親曾是他高中的美術老師，訪問開始前閒聊，劉院長跟我說了好幾遍「郭老師是很好的老師，我們同學都很喜歡他。」這已經不是第一次聽到了，而且都是從父親早年的學生口中。

既不是當導師，也不是教他們英數或國文，只不過是教美術課的父親竟讓他們如此懷念，而且是在民國四十年那樣窮困的年代？

除了因為父親對教育的熱情，難道還會有其他解釋？

讓年輕人懷念終生的美學啟發，它的價值，豈是那些企圖汙名化軍公教的人所能抹煞的？

收起了年改處分書，我不免擔憂這個國家，以後再也不會有像我父親這一輩的公教人員了，也不會有願意為國家犧牲性命的軍人了，沒有為搶救病患不眠不休的醫護，沒有以校為家的老師，沒有……

如果時代的轉折也像是一場畢業典禮，**「報告學長，交給我們了，您多保重！」**我多麼希望自己能夠這樣大喊出聲。

——還想再聽一回

外文系出身、留美十餘載的我，喜愛國語歌的程度一直超過英文歌，這讓某些自以為英文高竿的朋友差點跌破眼鏡。

流行歌就是因為貼近生活才有存在的空間，我不知道那些朋友幹嘛沒事就來一首約翰．藍儂的 *Imagine*，難道他們是經歷過越戰不成？

曾經，在一個有卡拉ＯＫ的聚會中，我唱了一首快三十年前的連續劇主題曲，王芷蕾原唱的〈天長地久〉。頓時全場氣氛驟變。

風輕柳斜春來早，水隨煙渺秋去了，曾幾度門深藤繞，青山迢迢，任是心結如雲……

屬於我這個年代的，都在恍如隔世中傻了；年輕的一輩眼睛亮起來：這是你們那時候的愛情喔？

自己存在過，在那一剎那變得如此真實。也驕傲，也惘然。

直到另一個小傢伙又補了一句：文言文喔？

・・・

曾經有很長的一段時間，我一度與流行歌絕緣。要讀的書那麼多，要思考的問題那麼龐大，加上接二連三的生命波折，讓我自願住進無歌的牢籠，以為耳根清淨才是正道。

無歌贖不了罪，反而成為愈來愈懼怕感覺生活的藉口，包括自己的和別人的生活。然後，有一天偶然聽見許茹芸的〈美夢成真〉，我不經意問道：這是誰？

不全然只是歌好不好聽的問題，而是那一刻，對外面的世界，我發現我又有反應了。像經過了長冬，冰雪融化，之後見山又是山。

突然明白這就是人生況味，有時出世，有時入世。絕對的雅與絕對的俗，都危險。

以後就知道了，聽得見世間情歌的時候，就表示我身心狀態良好。

一首簡單明瞭的歌曲，有時得來並不容易。情緒蓄積又蓄積，最後才越過了躁鬱徬徨與矯揉修辭，落地成歌。就像〈紅花雨〉，來得遲總比沒有好：

傷了心，不離棄，落成紅花雨……你牢記，我牢記，家就在這裡……

那是二〇〇六年，我們曾有過一首歌，關於盼望與等待。

不知道為什麼，在聽見〈紅花雨〉後的那幾天，我一直想到另一首歌，〈我的未來不是夢〉。KTV裡只有廉價的翻版影帶，想再回味一下正版卻不可得。

每隔一陣子，就會又發現幾首我視為窖藏珍奇的老歌，從點歌單中被刪去，難免有股從此天涯的驚恐含悲。

一首歌的消逝，有時就是某種生活代表的意義走到了盡頭。

‧‧‧

演唱會一開場，巨星尚未現身，LED銀幕上先就開始播放四十年來，她不同時期演唱〈流水年華〉的畫面集錦，我立刻就流下眼淚了。

一個聽了四十年的歌聲，如今還能再度獻唱，而我也能安然坐在台下，有多少應該相偕來此，共享懷舊美好的親人好友，此刻卻已不在人世了。

要能夠四十年來大家都平平安安，換得一晚在此共聚，都是上天的垂憐照顧。

整場演唱會，我就這樣哭了，又笑了，不知道多少回。

這樣的幸運，年輕的時候並不懂得。

在回到台灣將近十年後的那一夜，我終於覺得回到家了。她的歌聲讓這一代的人如我，找到了最真實也最純粹的認同。

在為生活奔忙，在為理想打拚，在進入中年後難免茫然失落之際，對種種都有著不確定感的人生階段，這個聲音又提醒了我，莫忘初衷，珍惜眼下。

那晚演唱會的精華不只是她歌藝的美好，更因為她帶來的幸福感。四十年來我們一起走過，有驕傲，有激情，當然也有悲傷。

但是，我們都還在這裡。

唱片圈的朋友告訴過我一個小故事，在她遠嫁香港退隱的十幾年，家中仍有一間排練室，搭有一座小舞台，好讓她依然持續不間斷地，穿著高跟鞋在舞台上一曲曲練習著。

因為知道這一身才藝得來不易，下過苦工，仍足以睥睨，所以仍如武者練劍般，不能荒廢。

敢問有幾人四十年後能驕傲如她，終能無愧於每一首曾演唱過的歌曲。

我多歡喜，自己沒有錯過她最後一次的演唱會。

．．．

沒有下一次了。

那晚在現場，悼念亡夫的那首〈想要跟你飛〉只是播放了ＭＶ，沒有聽到她的獻唱。這是她的**體貼**，也是一種**自重**。從來只想把歡笑帶給歌迷，把眼淚留給自己，就連最後離世也不願驚動任何人。

她又會希望我們用哪一首歌曲送她最後一程呢？

我心裡出現的，並非是她那些紅了四十年的招牌歌，反是在她曾沉潛的那段日子，特別邀作家林清玄為她寫詞的那首〈陽光喚起〉——

生命縱然還有許多惋惜
情愛依然還有潮來潮去
多年後回憶，如彩虹鑲在天際
我早把心中的陽光喚起……

以前每次在她主持的電視節目結束時，都會看到她的招牌動作，手指一點說聲「感謝您」。今天，換我來說一次吧──

感謝讓我與妳的歌聲相遇，感謝妳一直將我心中的陽光喚起。

感謝妳，鳳飛飛！

── 記得 難得 捨得

「活在當下」成了身邊許多人的口頭禪，聽多了才發現，他們只是用這句話自我安慰：別想太多，安於現狀就好。

回到這句話英文的說法 live in the moment，似乎還有一層弦外之音：在瞬息萬變的每個彈指間，我們該如何自處？

只有孩童才能夠真正活在當下。

看幼兒牙牙學語，永遠是從簡單現在式開始，我要，我在，我是。之後才開始懂得如何敘述，從前，有一天，上一次。

一旦知覺何謂「過去」，也就打開了那個叫做「成長」的潘朵拉之盒。

反觀大多數的我們，當下，往往只是「忘了我是誰」的庸碌。

不是驟逢劇變才叫無常，無常就在每天的分分秒秒裡。

輪迴也不必等到下一世，光是此生，一次又一次似曾相識的困境已夠讓我們麻木無語。當下從來不是穩定的現狀，瞬間一念，往往是所有前因後果的撞擊。

我們如何能安慰自己，那些苦與悔的殘骸，以為早被時光隔離的往事，果真不會捲土重來？盡付笑談中，有可能言之過早嗎？

人生不可能停留在同學會這一刻。

失去與改變仍繼續在發生。這些中年後的相聚，也許一轉眼後，也將變成未來的懷舊話題：「記得那一年的同學會嗎？那時我們還年輕呢……」

（這張名為懷舊的美麗卡片上已滿是我們的簽名留念。但是，又能將它朝何處投遞呢？）

・・・

吧台另一頭坐著一位頭戴棒球帽，蓄著口字鬍的中年帥哥，運動衫繃出健身房練就的一身線條，不停地朝我的方向看過來。

受寵若驚的疑惑還來不及應變，對方已經移駕到我身邊坐下。「請問，你是郭強生嗎？」

難道是重度文青？在酒吧裡被人認出這還是第一次。「老師好。」對方促狹地笑了。

我哪裡有這麼老的學生？回國任教才十八年……除非是……。我收起剛剛亂跑的思緒，好好端詳起對方的臉……。大學剛畢業的那年，我曾經在台中一所中學擔任過英文老師——

我衝口說出他的名字，他也大喜過望：「老師還記得我?!」

人家說，教過的第一班學生總是印象最深，但是時隔三十多年後猛然巧遇，我還能叫得出名字，應該說，因為在當年他就是個有點怪怪的孩子，上課的時候總是眼光直愣愣地盯著我，不是發呆，而是心事重重。

那年他高一，瘦白的一個男孩，完全不是眼前這位大叔。但是他看我的那個眼神沒有改變，我從他的表情倒推回去，整個輪廓就浮現了。

（還真尷尬，差點就表錯情了呢！……）

師生在酒吧裡開起了二人同學會。

大學畢業後去了美國紐約大學念電影的他，現在正在籌拍他的第二部電影，回台選角與找資金。我立刻推薦了幾個在劇場中看過的優秀舞台劇演員。

你哪一年到紐約的？我們是同校噯，怎麼都沒遇見？我問。

說起來，我雖然是他的英文老師，但是當年也不過相差六歲，二十二歲的我也只是孩子。果然，我們在紐約大學念書的時間有重疊的部分，但是緣分就是這麼奇妙的事，繞了一大圈，竟在六條通的酒吧裡重逢。

他說他目前住在布魯克林，有一個已經在一起快二十年的男友。

聽到這裡，我不自覺一口就飲盡了杯中剩酒。酒精入喉的瞬間，有一種難言的悲喜突然在心口翻湧——

（怎麼像是，他的人生也曾經是屬於我的？……）

．．．

「高中的老師我都不記得了，除了三年同一個班導，還有就是老師你。」

我只教了你們一年而已啊！我說。

那一年，現在回想起來還挺開心的。只是，我知道如果我繼續帶你們高二英文課，一切都會改變。初中部帶導師的那班也是一樣。我看到升上二年級以後，每個老師都是堂堂考堂堂打，分數是一切，我不想過那樣的生活……

（如果，只是如果，我那時就留下來了呢？……也許，他對我的記憶，完全不會是這樣了吧？……）

「老師你很不一樣，同學們都很喜歡你。我那時上課就常在想，像你這樣一個有理想、有才華的人，怎麼會跑來鄉下的私立中學當老師？」

嗯……要說實話嗎？我開始陷入了回憶裡。

沒錯，照我大學時的表現，大家一定認為我會留在台北，可能進入某家知名媒體或廣告公司。但是我發現我並不真的知道我想要做什麼，反倒是我不想要什麼，那個聲音非常強大。我不要過那種別人期望中一切都安排好的人生。

「我慶幸當年做了暫時離開台北的選擇，」我抬眼與學生四目相對：「那一年裡，我決定了要堅持文學創作這條路。」

我是了解你的，只是當年我也太年輕，無法具體描述。你在課堂上的表情，我現在知道了，其實就是我在你那個年紀時，同樣的一種徬徨與寂寞啊！

這些話，只能留在自己的心裡。

眼前的這個大叔，不再是學生，像是同路的兄弟，也像是彼此的分身。某年某月我們如幽靈般穿越過彼此。如今重逢，彷彿就是為了試探是否還記得，在那年交會時，我們曾從彼此身上發現的自己……

「我初一帶導師班的班長，也一直跟我有聯絡喔！」我說。

那個小男孩，現在已是律師和兩個孩子的爸了。

我的學生們不知道的是，大學聯考選填志願時，師大的科系我一個都沒選。我曾經跟自己說，絕對不當老師。沒想到，這一生除了曾在報紙副刊工作過九個月，我始終都在教書。

（真的，我是一個好老師。）

．．．

懷舊可以是一種除魅，也可以是一種著魔。

就如同這個字在英文裡叫做 nostalgia，字根是源自希臘文的 nostos 加上 algos，前者的意思是歸，後者則是痛。以前我會以為，合在一起之後所指的痛，是那種回不去的苦苦追尋，如今的我則有了不同的體會。

回返之苦，不僅是指突破記憶交織的這段逆流航行，其實還包括了第二次的回返，那就是重歸現實。

在記憶中，沒有我們到不了的地方。但我們其實更怕的是，往日歷歷又如何，誰真的想重活一遍？

所有的回憶，到頭來只會更凸顯了與現實之間的反差。懷舊變成商品放在櫥窗裡只供觀賞，那是安全的，也是被動的。能夠真正擁抱記憶的人，往往才能在現實中採取主動。

因為，循著時光流域最終可以抵達的，應該是此刻我們人生應具有的**高度**，而非過去的某個定格。

如果馬賽爾沒有在咬下一口瑪德琳蛋糕時想起了兒時，他就不可能成為寫出《追憶似水年華》的那個普魯斯特。

如果史蒂芬不願重返父母離婚後孤單的童年，他就不可能成為創造出E．T．的那個史匹柏。

更不用說，曹雪芹的《紅樓夢》就是一部禁得起任何時代考驗的懷舊書寫。

卡繆甚至在《薛西弗斯的神話》中寫道：「懷舊比知識更強大……理性的知識只是思想的工具，並非思想本身。畢竟，人類的所思所想，都是在懷舊。」

若非懷舊啟動了我們對於緣起的探索，對某種一致性的渴望，存活於他所謂荒謬無規則的渾沌人世，終究是會瘋掉的吧？

從直覺反射性的回憶牽動，到成為**自省修復**式的懷舊，才是找到了人生的制高點。

．．．

回到花蓮的研究室，花了四天的時間，一個人靜靜地打包。十八年在這所大學的點點滴滴，終將放下了。

三年前為了回台北照顧父親，申請了留職停薪。心裡頭隱約知道，除非父親不在了，我無法將他丟給外勞，自己跑回來花蓮上課。

世事無常就只是平常，一度準備就此退休，反正我一個人單身，靠寫作與演講尚可存活。不料到了第二年，年金改革拍板定案，我一盤算，父親的退休金無法支付每月六萬的外勞加生活花費，這個開銷缺口只有靠我來補。

可能三年，也許十年，到時候恐怕我住的房子都要脫手換現。開始申請台北的教職，竟然感覺有種中年重回職場的不安……

十八年，所有大型研究計畫的帳目與結案報告累積了一整櫃，丟。所有學生的畢業論文，圖書館有就夠了，丟。所有的藏書，三分之一丟，三分之一送給系上，只帶走三分之一，卻仍裝了二十個紙箱。

去年秋天到冬天，與我曾在這座校園裡，共同打造華人世界第一間文學創作研究所的同事，外人戲稱「鐵三角」的伙伴，毫無預警就突然過世了兩位。一個癌症，一個竟然是在自己住處跌倒失血過多，時間相隔不到三個月，讓我幾乎崩潰。

學院裡的鬥爭我對外從不多說，但是他們的離世讓我不斷回想起，當初我們創所的艱難，與最後被廢所的無奈。

辭意在當時就已浮上心頭，因為這裡早已物是人非。如果對於三人當年的理想與付出還有起碼的敬意，我就無法甩甩頭當沒事，繼續留下，保我自己的飯碗就好。

（因為記得初心，所以更要割捨。）

從美國返台任教的時候，我帶回了近百卷的VHS錄影帶。那時DVD尚未普及，教學媒體器材用的都還是錄放影機。哪想得到，有一天連機器都不再生產了，甚至DVD這麼快也失寵了，現在是手機串流下載當道。

但我還是選擇帶走其中一部分，尤其是那些自己錄下的電視節目。就算再也無法使用，但是上頭標籤的手寫字跡，都是還沒準備好翻頁的記憶。

直到快接近完工，才想到某個我指導過的研究生或許在花蓮，師徒或可一晤。結果人在高雄的她，聽說我在清理研究室，在手機裡慌張地直說：老師等我，我這就回去，我想要看最後一眼！沒想到，她真的兼程坐了六七小時火車，連夜趕回。

（想要什麼紀念品，自己拿喔！）

站在我堆滿紙箱的研究室裡，她突然拿出手機來錄影，然後打開了他們那一屆的同學群組，以直播分享了他們老師在此的最後一刻。

告別的新方式，一時間私人感傷立刻轉為公開論壇。

感覺就像是每次一本書寫到最後幾行，就要完稿了，心中特別有一種莫名的惘惘，不敢相信這就是尾聲，所以告訴自己，格外要把持住。

我，很好。只是。非常。其實。

如果……

所以？

走到門口要關燈了，回頭最後的一瞥才讓我真實意識到，我以後再也不會坐在那扇窗前了，突然忍不住的我，終究還是哭了出來。

後記

——來不及美好

有時，記憶像工筆畫鏤刻在我心上；有時，它也會如同潑墨，瞬間揮灑在我眼前。

小歷史與大時代總是在我腦海中彼此激盪著。如果時代是海洋，那眾生的記憶便如藻礁，一代一代默默地匯聚。

觸動我想要寫下這本散文的，是一場小學同學會。

小學畢業後就全家移民美國的W，竟然藉由臉書搜尋又取得了聯絡，三年前他回台灣散心，幾個老同學特別相約請他吃飯。

六年同窗，朝夕相處，只記得他功課很好，小時候個子很高，但中間相隔了四十年，不像其他同學之後還可能在中學或大學巧遇，W幾乎就像另一個時空的人又出現在我們生活裡。

原來，分別四十年是這種感覺。有點感情卻又沒什麼特別回憶。

負責訂位的同學也真有創意，選的餐館是位於台北南昌路的陸軍聯誼廳。這地方早年曾是孫立人官邸，大家竟然知道這地方，無疑說明這真的是一群老人了。四十年前這路口還叫南昌「街」，彼時此區的繁華，五年級後段班的或許都沒有了印象。

之前群組裡先貼了張W現在的模樣，大家都說，怎麼變了這麼多？等到終於相見，多看上幾眼，確實還是小時候的輪廓。

離過一次婚，第二任妻不久前過世，W的臉上仍有哀戚與疲憊。但是，當他一開口說話，那個喪偶的中年男就不見了，記憶中那個孩子立刻就回來了。

原來比容貌更能當作指認工具的，是每個人說話的方式。少小離家，在美國生活了四十年後，W仍然是當年的口音語氣。

四十年，到底可以留下些什麼，遺落的又是什麼？

要怎樣告訴他，他缺席的這四十年，後來的我們發生了什麼事？這個地方跟他離去的當年有什麼不同？

為什麼他突然就去了美國？這顯然也是同學們心頭共同的疑問。原來他父親當年任職的單位叫美軍顧問團。我們一聽也就瞭了，到底沒有白活過那個冷戰年代。越南已淪陷，幫美國人做事的台灣人也都趕緊出去了。我們不再窮追多問，那是個什麼樣的年代，只有同輩人最清楚。

那頓晚餐吃得我五味雜陳，心情起伏跌宕，但是也非常療癒。

盡地主之誼的我們，在舉杯為他接風的那一刻，突然不只是迎回了一個久違的老同學，好像也聯起了我們共同的命運。

我們都在這裡。

不是十年，不是二十年，就是要四十年這樣扎實的數字，才讓我們有了可自傲的，足以代表「一個世代」的資格。這個世代經歷與見識過的都是奇蹟。

也許眼下的人生乏善可陳，荷包縮水了，體力不如前了，但是記憶給了我們一個眺望與沉思的平台。

不光是個人需要被療癒，一個世代所經歷的起落，也需要有人理解與聆聽。

但，我也不得不說，身邊的人多的是健忘或記憶貧乏的一類。

台灣社會的發展過程中，遺失的永遠比保存的多。我們不缺史料與檔案，但活在當代的人卻往往不知，自己四十年來究竟在忙些什麼？

有沒有見證了某種價值？可曾迷失？接下來的人生，是不是還要跟在時代潮流後面拚命追趕？

四十年才足夠讓一個世代懂得一些道裡。

來不及美好，它可以是一句感慨，錯過的太多。它也可以是一種讚嘆，原來擁有的這麼多，多到來不及細說。

人生總不乏像這樣取決於一念之間的路口。

年輕的時候，來不及是因為總怕落後；過了五十歲，來不及反成了讓自己放慢腳步的最好理由。

因為，人生一定有太多的「來不及」，所以才必須懂得有所取捨，不能肖想一網打盡。

年紀愈大，愈懂得美好的感覺往往不是物質的，也非個人成就所能製造的。那更像是一種共同的命運，一種因為共識，經過沉澱內化而成的取捨標準。

除非是羅馬暴君或何不食肉糜的晉惠帝，我們如何能在一個敗壞的年代獨自感覺美好？

於是，我寫下了記憶中童年的台灣，少年的紐約，還有仍在發生中的，中年後的台北。在它們共同的景深裡，是那一雙雙你我對時光深情的注視。

國家圖書館出版品預行編目（CIP）資料

來不及美好 / 郭強生著. -- 第一版. -- 臺北市 : 遠見天下文化, 2018.10
面； 公分. -- (華文創作 ; BLC102)
ISBN 978-986-479-560-4 (平裝)

855 107017043

華文創作 BLC102

來不及美好

作者 — 郭強生

總編輯 — 吳佩穎
責任編輯 — 陳怡琳
美術設計 — 三人制創

出版者 — 遠見天下文化出版股份有限公司
創辦人 — 高希均、王力行
遠見・天下文化 事業群董事長 — 高希均
事業群發行人／CEO — 王力行
天下文化社長 — 林天來
天下文化總經理 — 林芳燕
國際事務開發部兼版權中心總監 — 潘欣
法律顧問 — 理律法律事務所陳長文律師
著作權顧問 — 魏啟翔律師
地址 — 台北市 104 松江路 93 巷 1 號 2 樓

讀者服務專線 — (02) 2662-0012 ｜傳真 — (02) 2662-0007；(02) 2662-0009
電子郵件信箱 — cwpc@cwgv.com.tw
直接郵撥帳號 — 1326703-6 號 遠見天下文化出版股份有限公司

內頁排版 — 張靜怡、楊仕堯
製版廠 — 東豪印刷事業有限公司
印刷廠 — 柏皓彩色印刷有限公司
裝訂廠 — 台興印刷裝訂股份有限公司
登記證 — 局版台業字第 2517 號
總經銷 — 大和書報圖書股份有限公司 電話／ (02) 8990-2588
出版日期 — 2018 年 10 月 26 日第一版第 1 次印行
2023 年 5 月 12 日第一版第 4 次印行

定價 — NT 360 元
ISBN — 978-986-479-560-4
書號 — BLC102
天下文化官網 — bookzone.cwgv.com.tw

天下文化

BELIEVE IN READING